W0061859

Hermann Sudermann
Die Reise nach Tilsit

Wilwischken liegt am Haff. Ganz dicht am Haff liegt Wilwischken. Und wenn man von dem großen Wasser her in den Parwefluß einbiegen will, muß man so nah an den Häusern vorbei, daß man Lust bekommt, ihnen vom Kahn aus mit ein paar Zwiebeln — es können auch Gelbrüben sein — die Fenster einzuschmeißen.

Um die schönen blanken Fenster wäre es freilich schade. Denn Wilwischken ist ein sauberes Dorf und ein reiches Dorf. Seine Einwohner betreiben neben der Haff- und Flußfischerei einträgliche Acker- und Gartenwirtschaft, und die Zwiebeln von Wilwischken sind berühmt.

Die stattlichste Wirtschaft von allen ist die, die an der Mündung der Parwe gleichsam die scharfe Ecke bildet, und sie gehört dem Ansas Balczus.

Der Ansas Balczus ist nicht etwa ein gewöhnlicher Fischer, der bei jedem Raubfang sein Teil einscharren muß und nie genug kriegt, der am Montagabend seine Barsche in Heydekrug unterm Preis ausbietet und am Dienstagnachmittag betrunken heimfährt, der Ansas Balczus ist beinahe schon ein Herr, der mit den Deutschen deutsch spricht wie ein Deutscher, der sich sein Glas Grog süßt wie ein Deutscher und der sich bei seinen Prozessen so gut zu verteidigen weiß, daß er die Anwaltskosten sparen kann.

Er hat sich auch eine feine Frau genommen, der Ansas

Balczus. Sie stammt aus Minge und ist die Tochter von dem reichen Jaksztat, dem die großen Haffwiesen gehören. Daß er die Indre Jaksztat bekommen würde, hätte keiner geglaubt, denn um die rissen sich alle, und sie ging so blaß und sanft an ihnen vorbei, als ob sie eine Sonnentochter gewesen wäre.

Nun hat er sie aber und kann stolz auf sie sein.

Sie hat ihm drei hübsche Kinder geboren, und sie sorgt für die Wirtschaft, als wäre sie mit der Laime, der freundlichen Göttin, im Bunde. Ihre Butter wird ihr von den Händlern schon weggerissen, wenn sie noch in der Milch steckt, ihr Johannisbeerwein ist der kräftigste weit und breit, und im Brautwinkel stehen seit vorigen Weihnachten zwei rote Plüschsessel. Man erzählt sich sogar, daß sie der kleinen Elske, wenn sie sieben Jahre alt sein wird, ein Klavier kaufen will.

Und dabei geht sie noch ebenso sanft und blaß ihres Wegs, wie sie es·als Mädchen getan hat, und wird so rot wie ein Nelkenbeet, wenn man sie anspricht.

So ist die Indre Balczus. Und wenn ich der Ansas wäre, ich würde meine Hände zum Himmel heben, morgens und abends, daß sie meine Frau ist und keine andere.

Und so war es auch früher, aber seit die Busze als Magd ins Haus gekommen ist, hat es sich sehr verändert. So sehr verändert, daß die Nachbarfrauen schon lange die Köpfe zusammenstecken, wenn von dem Hof des Balczus Schimpfen und Weinen herüberschallt.

Das Schimpfen kommt von dem Ansas. Die Stimme kennt ein jeder. Aber weinen tut nicht die Indre — wenn sie's tut, so nur ganz leis und in der Nacht —, es sind die drei Kinder, die da weinen über all das Üble, das ihre Mutter erleiden muß. Und manchmal mischt sich auch ein Lachen darein,

ein gar nicht gutes Lachen, hart wie Glas und schadenfroh wie Hähergeschrei.

Der Teufel hat diese Busze ins Haus gebracht. Wenn sie nicht selbst eine Besitzerstochter wäre und als solche stolzen und hoffärtigen Sinnes, hätte sie so viel Schaden gar nicht anrichten können. Warum muß die überhaupt dienen gehen mit ihren blinkenden Achataugen und dem Fleisch wie von Apfelblüten? Wer weiß, wie vielen die schon die Köpfe verdreht hat! Aber sie nimmt sie und läßt sie laufen, und wenn sie irgendwo einen ganz verrückt gemacht hat, dann lacht sie und geht in einen anderen Dienst.

Hier in dem Hause des Balczus sitzt sie nun als das leibhaftige Gegenteil der stillen und sanftmütigen Frau. Singt und schmeißt und rumort vom Morgenstern an bis in die späte Nacht, schafft für dreie und wird schon aufgebracht, wenn man ihr nur sagt, sie möchte sich schonen.

Seit nun gar der Wirt bei ihr in der Kammer gewesen ist, kennt sie überhaupt keinen Spaß mehr. Es ist ein Elend, mit anzusehen, wie sie die Herrschaft mehr und mehr an sich reißt, und er ist schwach und tut, was sie will.

Sonst kommt das wohl in Wirtschaften vor, wo die Frau arm eingezogen ist oder aber kränklichen Leibes und darum die Dinge gehen läßt, wie sie gehen. Aber der Indre gegenüber, dem reichen Jaksztat seiner schönen Tochter, die bloß zu fein und zu hochgeboren ist, um sich mit so einem Biest auflegen zu können, da versteht man die Welt nicht mehr.

Eines Tages, als er wieder betrunken gewesen ist und sie geschlagen hat, kommt die Nachbarin, die Ane Doczys, zu ihr und sagt: »Indre, wir können das nicht mehr mit ansehen, wir ringsum. Wir haben beschlossen, ich schreib's deinem Vater.«

Die Indre wird noch blasser, als sie schon ist, und sagt:

»Tut's nicht, sonst nimmt er mich mit, und was wird dann aus den Kindern?«

»Wir tun's doch«, sagt die Doczene, »denn solch ein Frevel darf nicht sein auf der Welt.«

Und die Indre bittet auch noch für ihren Mann und sagt: »Spricht es sich immer weiter herum, so kommt er ganz sicher ins Unglück. Heiraten darf er sie nicht wegen des Ehebruchs. Auf den müßt' ich klagen, denn nur so kann ich die Kinder zugesprochen kriegen. Schon jetzt betrinkt er sich immer häufiger. Was dann erst wird, das überlegt sich ein jeder.«

»Aber soll denn das immer so fortgehen?« fragte die Doczene.

»Sie ist schon aus fünf Brotstellen weggelaufen, wenn sie genug gehabt hat«, sagt die Indre, »und mit ihm wird sie's nicht anders machen.«

Aber die Ane Doczys, mitleidigen Herzens, wie Nachbarinnen sind, denen es morgen ebenso gehen kann, warnt sie wieder und wieder.

»Wir haben uns auch erkundigt«, sagt sie, »das sind dann immer Saufbengels gewesen und Duselköpfe. So einen wie deinen Mann läßt die nicht los.«

Dies Wort führt der Indre so recht zu Gemüte, was für einen vortrefflichen Mann sie gehabt hat, ehe die Busze ins Haus kam. Aber sie weint und klagt nicht, denn es ist nicht ihre Art. Sie wendet nur ein wenig das eingefallene Gesicht und sagt: »Wie Gott will.«

Nun, vorerst geht es so, wie die Doczene will.

Die kommt nach Hause und sagt zu ihrem Mann, der auf der Ofenbank liegt und schläft: »Doczys«, sagt sie, »hier sind die Wasserstiefel. Setz die Segel ins Mittelboot, wir fahren nach Minge.«

»Aus welchem Grund fahren wir nach Minge?« fragte er ungehalten, denn wer schläft, will Ruhe haben.

Aber die Doczene, in Wut bei dem Gedanken, daß es ihr morgen ebenso gehen kann, fackelt nicht viel und stößt ihn herunter. Er bekommt auch noch die schweren Stiefel angezogen, und eine halbe Stunde später fahren die beiden nach Minge.

Am Tage darauf kommt der alte Jaksztat in Wilwischken an. Er ist nicht zu Kahn gekommen, das hätte zu armemannsmäßig ausgesehen, sondern hat den Umweg über Land nicht gescheut, um seinen Schwiegersohn mit dem Verdeckwagen und dem neusilbernen Kummetgeschirr unter die Nase zu reiben, welcherart das Haus ist, aus dem seine Frau herstammt.

Des reichen Jaksztat erinnern wir uns noch alle. Der O-beinige kleine Mann mit dem lappigen Knochengesicht und den ewigen Rasiermesserkratzern war ja bekannt genug. Als er starb, ist er schließlich gar nicht so reich gewesen. Aber das tut nichts zur Sache.

Die Busze, die ihre Augen überall hat, sieht als erste das Fuhrwerk vorfahren und tritt aus dem Hause.

Was er wünsche, fragt sie, die Arme einstemmend, und funkelt ihn an.

Er, nicht faul, nimmt seinem Kutscher die Peitsche aus der Hand und reißt ihr eins über. Lang übers Gesicht und den nackten rechten Arm herunter flammt die Strieme.

Und was tut sie? Sie packt den alten Mann, zieht ihn vom Wagen und fängt ihn mit den Fäusten zu verprügeln an. Der Kutscher springt vom Bock, der Ansas Balczus kommt aus dem Haus gestürzt, und beiden Männern gelingt es erst, ihn der wütenden Frauensperson zu entreißen. Weiß Gott, sie hätte ihn sonst vielleicht umgebracht.

So schlimm dies Vorkommnis an und für sich sein mag, in der nun folgenden Unterredung gibt es dem Alten Oberwasser. Denn so weit vom Wege abgekommen ist der Ansas Balczus doch noch nicht durch seine Kebserei, daß er nicht wüßte, welche Schande ein solcher Empfang dem Hause weit und breit bereiten muß.

Nun steht er in seiner ganzen Länge mit dem hinter die Ohren gestrichenen gelben Flachshaar und dem braunen Sommersprossengesicht vor dem Alten und weiß nicht, wo er die Augen lassen soll.

Der schnauft immerzu vor Zorn und weil ihm noch vom Herumrangen die Luft fehlt.

»Wo ist deine Frau?«

»Wie soll der Ansas Balczus wissen, wo seine Frau ist? Die läuft in ihrer Ratlosigkeit oft genug aus dem Hause, dorthin, wo sie vor Schimpf und Schlägen sicher ist.«

»Ich bin der reiche Jaksztat!« schimpft der Alte. »Mir soll so was passieren!«

Der Ansas Balczus entschuldigt den Überfall, so gut es geht. Aber was kann er viel sagen?

»Diese Bestie, diese Patartschke muß sofort aus dem Hause!«

»Na, na«, brummt der Ansas. Wäre das nicht eben geschehen, so hätte er wahrscheinlich die Brust ausgestemmt und geschrien, das sei *seine* Wirtschaft, hier hab’ er allein was zu sagen, aber jetzt brummt er bloß: »Na, na.«

Der Alte merkt sofort, daß sein Weizen blüht, und nun legt er los. Es gibt nicht viel Schimpfwörter im Litauischen, die der Ansas für sich und sein Frauenzimmer nicht zu hören gekriegt hat in dieser Stunde.

Und schließlich ist er ganz windelweich, sitzt auf der Ofenbank und weint.

Indre kommt nach Hause. Sie hat die beiden Ältesten aus der Schule geholt und geht über den Hof, den kleinen Willus auf dem Arm, schlank und rank, geradeso wie die katholische heilige Jungfrau.

Wie sie das väterliche Fuhrwerk sieht, schrickt sie zusammen, setzt das Kindchen auf die Erde und sieht sich um, als weiß sie nicht, wo sich am raschesten verstecken.

Aber noch rascher ist der Alte.

Zur Tür hinaus — und sie packen — und sie hereinziehen — hast du nicht gesehen!

»Jetzt fällst du vor ihr auf die Knie«, fährt er den Schwiegersohn an, »und küssest den Saum ihres Gewandes!«

So ohne Willen, wie der auch ist, das will er doch nicht. Aber der Alte hilft kräftig nach, und richtig, da liegt er vor ihr und sagt mit einem Schluchzer: »Ich weiß, ich bin ein Sünder vor dem Herrn.«

»Steh auf, Ansas«, sagt sie in ihrer milden Weise und legt die Hand auf seinen Kopf. »Wenn du dich jetzt zu sehr demütigst, vergißt du es mir nachher nicht, und es bleibt alles beim alten.«

Ach, wie gut hat sie ihn gekannt!

Aber vorläufig geht er auf alles ein und verspricht dem Alten, daß die Busze mit seinem Willen den Hof nicht mehr betreten soll und daß sie jetzt auf der Stelle abgelohnt werden soll.

Die Indre warnt den Vater, so Hartes nicht zu verlangen. Aber er besteht darauf. Er hätte es lieber nicht sollen.

»Die Busze! Wo ist die Busze?«

Da kommt die Busze. Sie hat das Gesicht mit einem Taschentuch verbunden wie eine mit Zahnschmerzen, und um den rechten Arm hat sie eine nasse Schürze gewickelt. Zum Kühlen.

Sie stellt sich in die Tür und sieht die drei ganz freundlich an.

»Na also, was ist?« sagt sie. »Ich hab' zu tun.«

»Du hast hier nichts mehr zu tun«, sagt der Alte, »und das wird dir dein Brotherr gleich klarmachen.«

»Da bin ich doch neugierig«, trumpft sie als eine, die ihrer Sache sicher ist.

Der Ansas Balczus weiß nicht, wo anfangen und wo aufhören. Aber weil sie mit ihrem verbundenen Gesicht nicht gerade sehr hübsch aussieht, wird es ihm leichter. Er stottert was von »Hausfrieden« und »Man muß Opfer bringen« und so. Sehr würdereich sieht er nicht aus.

Sie lacht laut auf und lacht und lacht. »Haben sie dich richtig kleingekriegt, du Dreckfresser?« sagt sie. »Ums übrige wirst du ja bald wissen, wo du mich finden kannst.«

Damit dreht sie sich um und schlägt die Tür hinter sich zu. —

Jetzt könnte der Friede wohl wiederkommen. Und anfangs scheint es auch so. Der Ansas tut freundlich zu seiner Frau, und als er mit Fischen auf den Heydekrüger Markt gefahren ist, bringt er ihr aus dem Hofmannschen Laden sogar ein Seidenkleid mit. Aber er hat einen schiefen Blick, und wenn er kann, geht er ihr aus dem Wege.

Die Indre schreibt nach Hause: »Es ist alles wieder gut.« Aber auf das Papier sind ihre Tränen gefallen.

Denn die Busze ist immer noch da. Sie hat sich bei den Pilkuhns eingemietet, die hinten am Abzugsgraben wohnen, und was das für Gesindel ist, das weiß in Wilwischken ein jeder. Sie tut so, als arbeitet sie in den Wiesen, aber man kann kaum ins Dorf gehen, dann trifft man sie irgendwo. Sie hat sogar die Dreistigkeit, den beiden Kindern, wenn sie aus der Schule kommen, Gerstenzucker zu schenken.

Und wohin geht der Ansas, wenn es dunkel wird? Kein Mensch weiß. Er geht an der Parwe entlang, wo die Weidensträucher so dicht stehen, daß sich kein Abendrot zum Wasser hinfindet. Und die Leute, die vor den Türen sitzen, reden leise hinter ihm drein: »Jetzt trifft er sich mit der Busze.«

Es ist eine Schande, zu sagen: Er trifft sich wirklich mit der Busze.

Dort, wo sich kein Abendrot zum Wasser hinfindet, sitzen sie bis tief in die Nacht hinein und schmieden Pläne, wie es werden soll.

Aber was sie auch übersinnen — die Frau, die Indre, steht immer dazwischen.

»Laß dich scheiden!«

Laß dich scheiden! Leicht gesagt. Aber die Kinder! Der Endrik, der Älteste, soll einmal das Grundstück erben. Und die Elske, die ihm selbst aus den Augen geschnitten ist, wird demnächst gar Klavier spielen. Solche Kinder stößt man nicht von sich. Von dem kleinen Willus gar nicht zu reden. Außerdem hat der Schwiegervater, der reiche Jaksztat, die zweite Hypothek hergegeben. Wo kriegt man die her, wenn er kündigt?

Aber die Indre muß fort! Die Indre muß aus dem Wege! Die Indre mit ihrem Buttergesicht. Die Indre, die ihm nachspioniert. Die Indre, die allabendlich von Tür zu Tür läuft, um ihn schlechtzumachen vor den Leuten. Die Pilkuhns wissen, daß es nichts Abscheuliches gibt, was sie nicht erzählt von ihm. Sogar daß er einen Bruchschaden hat, hat sie erzählt. Woher sollen es die Pilkuhns sonst wissen? Ja, so schlecht ist sie bei aller Scheinheiligkeit.

Also die Indre muß fort. Das ist beschlossene Sache. Es fragt sich bloß, wie.

Er natürlich will nichts davon hören, aber es muß ja doch sein.

Manche Frauen sterben im Kindbett — man braucht kaum einmal nachzuhelfen, aber das kann lange dauern und bleibt eine unsichere Sache.

Gift?

Das kommt aus. So sicher, wie zwei mal zwei vier ist. Und wer's dann getan hat, weiß heute schon das ganze Dorf. Ertrinken?

Aber die Indre geht nicht aufs Wasser. Das ganze vorige Jahr ist sie nicht einmal auf dem Wasser gewesen.

Sie wird schon gehen — man muß ihr nur zureden.

Na, und dann? Wird sie etwa freiwillig reinspringen? Ja, selbst wenn sie's täte, wer würde es glauben? Kommt man ohne sie zurück, sitzt man auch schon in Untersuchung.

Gift oder Ertrinken — es ist ein und dasselbe.

Aber die Busze hat einen klugen Kopf, die Busze weiß Rat.

Ob er schwimmen kann.

Er kann schon schwimmen. Aber in den schweren Stiefeln nutzt das nichts. Da wird man auf den Grund gezogen wie die »Kulschen« — die kleinen Steine im Staknetz.

Dann muß man barfuß raus. Jetzt im Sommer fährt jeder barfuß raus.

Er, der Ansas, hat das nie getan, und das wissen die Leute.

Ob die Indre schwimmen kann.

Wie die bleiernen Entchen — so kann die Indre schwimmen.

»Also, es wird gehen«, meint nachdenklich die Busze.

»Was wird gehen?«

Ob er sich des Unglücks erinnert, im vorigen Sommer, an

der Windenburger Ecke, wobei die zwei Fischer ums Leben gekommen sind.

Wie soll er sich dessen nicht erinnern. Der eine der Toten ist ja sein Vetter gewesen.

Ob er auch weiß, wie es geschehen ist.

Genau weiß es niemand, aber man nimmt an, daß sie betrunken gewesen sind und die gefährliche Stelle verschlafen haben, die Stelle hinter dem Leuchtturm, wo der Wind plötzlich einsetzt und wo man scharf aufpassen muß, will man nicht kentern wie ein zu hoch geladener Heukahn.

Ob man das Kentern nicht auch künstlich machen kann!

Ja, wenn man durchaus ersaufen will.

Ob man sich nicht aufs Schwimmen einrichten kann!

Bis an Land schwimmt keiner.

Ob man es nicht den Schuljungens nachmachen kann mit Binsen oder Schweinsblasen, die einen stundenlang über Wasser halten!

Man kann schon. Aber es ist ungebräuchlich und würde bemerkt werden.

Dann müßte man sie nach dem Gebrauch aus der Welt schaffen.

»Ja, aber wie?«

Die Busze wird nachdenken.

So reden und beraten sie Stunden und Stunden lang, Nacht für Nacht. Die Busze fragt, und er antwortet. Und aus dem Fragen und dem Antworten backen sie bei langsamem Feuer den Kuchen gar, an dem die Indre sich den Tod essen muß.

Eins bleibt immer noch das Schwerste: wie sie am besten zu dem Ausflug zu bringen ist. Mehrere müssen es sein, die glücklich verlaufen, ehe der Schlag geführt werden kann. Wo aber die Gründe hernehmen, um die häufigen Fahrten zu rechtfertigen? — Und wie selten auch weht der Süd oder der Südwest, bei dem allein das Unternehmen gelingen kann, und noch dazu in der gehörigen Stärke. Darum muß noch etwas Besonderes gefunden werden, ein Grund wie kein anderer. Einer, der jede Vorbereitung unnötig macht und gegen den es keinen Widerspruch gibt.

Bis dahin aber, das legt ihm Busze immer wieder ans Herz, heißt es freundlich zu der Indre sein, damit ihr jeder Verdacht genommen wird und auch die Nachbarn glauben können, es sei nun alles wieder in Ordnung.

Und er ist freundlich zu der Indre — so freundlich, wie's einer versteht, der sich nie im Leben verstellt hat. Er schlägt das Herdholz klein und trägt es ihr zu, er hilft ihr beim Garnkochen, er bessert den Stöpsel im Rauchfang, er küßt sie beim »Guten Tag« und »Gute Nacht«, und er schläft sogar an ihrer Seite, aber er rührt sie nicht an.

Die Indre drückt sich still an die Wand, wenn er um Mitternacht heimkommt, um den Dunst der Magd nicht zu atmen, den er nach wie vor an sich herumträgt.

Und schließlich — die Busze hat es so verlangt — bringt er auch das schwerste Opfer und geht des Abends nicht mehr ins Sumpfweidendickicht. Von nun an verkehren sie nur durch den Briefträger. Die Aufschriften sind von einem jungen Kanzlisten in Heydekrug, dem er weisgemacht hat, er könne nicht schreiben, auf Vorrat gefertigt, und drinnen stehen Zeichen, die nur sie beide verstehen.

So muß auch die Indre glauben, der heimliche Verkehr habe aufgehört. Aber täuschen läßt sie sich darum doch nicht. Ihr ist manchmal, als habe sie die Gabe des Zweiten Gesichts, und oft, wenn er sich vor ihr wunder wie niedlich macht, denkt sie bei sich: »Wie seh' ich ihn doch durch und durch!«

Eines Tages kommt er besonders liebselig auf sie zu und sagt: »Mein Täubchen, mein Schwälbchen, du hast böse Tage gehabt, ich möchte dir gern etwas Gutes bereiten, such es dir aus.«

Sie sieht ihn nur an und weiß schon, daß er Hinterhältiges im Sinn führt. Und sie sagt: »Ich brauche nichts Gutes. Ich hab' ja die Kinder.«

»Nein, nein«, sagt er, »es muß sein. Schon wegen der Nachbarn. Auch deinem Vater will ich einen Beweis meiner Sinnesänderung geben. Weißt du nichts, so denke nach, und auch ich werde mir den Kopf zerbrechen.«

Am nächsten Tag kommt er wieder. Aber sie weiß noch immer nichts.

Da sagt er: »Nun, dann weiß ich es. Du hast noch nie die Eisenbahn gesehen. Laß uns nach Tilsit fahren, damit du einmal die Eisenbahn siehst.«

Sie sagt darauf: »Die Leute erzählen sich, daß die Eisenbahn nächstens bis nach Memel geführt werden soll, und Heydekrug wird dann eine Station werden. Wenn es soweit ist, kann ich ja einmal zum Wochenmarkt mitfahren.«

Aber er gibt sich nicht zufrieden.

»Tilsit ist eine schöne Stadt«, sagt er, »wenn du nicht hinfahren willst, so weiß ich, daß du einen bösen Willen hast und an Versöhnung nicht denkst, während ich nichts anderes im Sinne habe, als dir zu Gefallen zu leben.«

Da fällt ihr ein, daß er die Zusammenkünfte mit der Magd wirklich aufgegeben hat, und sie beginnt in ihrer Meinung wankend zu werden.

Und sie sagt: »Ach, Ansas, ich weiß ja, daß du es nicht aufrichtig meinst, aber ich werde dir wohl den Willen tun müssen. Außerdem sind wir ja alle in Gottes Hand.«

Der Ansas hat die Gewohnheit, daß er rot werden kann wie

irgendein junges Ding. Und weil er das weiß, geht er rasch vor die Tür und schämt sich draußen. Aber ihm ist zumut, als muß er es tun und ein Zurück gebe es nicht. Als wenn ihn der Drache mit feuriger Gabel vorwärts schubst, so ist ihm zumut. Und darum fängt er an demselben Tage noch einmal an.

»In Tilsit ist ein Kirchturm«, sagt er, »der ruht auf acht Kugeln, und darum hat ihn der Napoleon immer nach Frankreich mitnehmen wollen. Er ist ihm aber zu schwer gewesen. Eine so merkwürdige Sache muß man doch sehen.«

Die Indre lächelt ihn bloß so an, sagt aber nichts.

»Außerdem«, fährt er fort, »gibt es ja ein Lied, das geht so:

> Tilschen, mein Tilschen, wie schön bist du doch!
> Ich liebe dich heute wie einst,
> Die Sonne wär' nichts wie ein finsteres Loch,
> Wenn du sie nicht manchmal bescheinst.

Nun weißt du hoffentlich, was für eine schöne Stadt Tilsit ist.«

Wie er sich so zereifert, lächelt ihn Indre noch einmal an, und er wird wieder rot und redet rasch von anderen Dingen.

Am nächsten Morgen aber sagt er ganz obenhin: »Nun, wann werden wir fahren?« Als ob es längst eine abgemachte Sache wäre.

Sie denkt: »Will er mich los sein, so kann er es auf tausend Arten. Es ist das Beste, ich füge mich.«

Und zu ihm sagt sie: »Wann du wirst wollen.«

»Nun, dann je eher, je besser«, sagt er.

Es wird also der nächste Morgen bestimmt.

Und wie die Busze es ihm eingegeben hat, läuft er am Nachmittag von Wirtschaft zu Wirtschaft und sagt: »Ihr wißt, liebe Nachbarn, daß ich mich schlecht aufgeführt habe. Aber von nun an soll alles anders werden. Zum Zeichen dessen werde ich mit der Indre eine Vergnügungsfahrt nach Tilsit machen. Damit will ich sozusagen die Versöhnung festlich begehen.«

Und die Nachbarn beglückwünschen ihn auch noch. Genau, wie es die Busze vorhergesagt hat.

Was aber tut die Indre inzwischen?

Sie legt die Sachen der Kinder zurecht, schreibt auf ein Papier, was sie am Alltag und am Sonntag anziehen sollen und wie die Stücke Leinwand, die sie selber gewebt hat, künftig einmal zu verschneiden sind. Auch ihre Kleider verteilt sie. Das neue seidene kriegt die Ane Doczys, und die Erbstücke kommen an Elske. Dann legt sie noch ihr Leichenhemde bereit und was ihr sonst im Sarge angezogen werden soll. Und dann ist sie fertig.

Draußen auf dem Hof spielen die Kinder. Sie denkt: »Ihr Armen werdet schlechte Tage haben, wenn die Busze erst da ist.«

Dann geht sie hinüber zu Ane Doczys, kurz nachdem der Ansas dagewesen ist, und sagt: »Dem Menschen kann leicht etwas zustoßen. Ich weiß, daß ich von dieser Reise nicht wiederkommen werde.«

Die Ane ist sehr erschrocken und sagt: »Warum sollst du nicht wiederkommen? Nach Tilsit ist bloß ein Katzensprung. Und es soll ja auch ein Versöhnungsfest sein.«

Die Indre lächelt bloß und sagt: »Wir werden ja sehn. Darum versprich mir, daß du auf die Kinder achtgeben wirst und dem Großvater schreibst, wenn es ihnen nicht gut geht.«

Die Ane weint und verspricht alles, und die Indre geht heim.
Sie bringt die Kinder zu Bett und betet mit ihnen und stärkt
sich in dem Herrn …

In der Frühe, lang vor der Sonne, fahren sie ab.

Er, der Ansas, hat seine Sonntagskleider an, und auch sie
hat sich geschmückt, denn es soll ja ein Versöhnungsfest
sein.

Sie trägt die rote, grüngestreifte Marginne, den selbstgewebten Rock, in dem sie vor neun Jahren mit ihm zur Verspre-
chung nach der Kirche gefahren ist, und ein klares Mäd-
chenkopftuch gegen die Sonnenstrahlen.

Auch zu essen und zu trinken hat sie mitgenommen und in
dem vorderen Abschlag verstaut.

Er ist auf Klotzkorken und hat die leichten Wichsstiefel in
der Hand. Im letzten Augenblick bringt er noch etwas angetragen, in Sackleinwand gepackt, das wirft er neben sich vor
das Steuer und sieht sie verstohlen dabei an, als ob er eine
Frage erwartet.

Aber sie fragt nichts.

Wie er das Großsegel setzt, gewahrt sie, daß ihm die Hände
zittern. Er will sich nichts merken lassen und sagt: »Es ist
ein hübsches kleines Windchen, wir können zu Mittag in Tilsit sein.«

Sie sagt: »Mir ist es gleich.«

Und er meint: »Ob es hin auch noch so rasch geht, zurück
muß man kreuzen.«

Dann wirft er das Schwert aus und setzt auch den Raginnis,
das kleine Vorsegel. Er sitzt nun halb zugedeckt von all der
Leinwand, so daß sie ihn kaum sehen kann.

Der Kahn fährt wie an der Leine, und rings in dem Wasser
glucksen die Fischchen.

Über das weite Haff hin ist es nach Westen wie eine blaugraue Decke gebreitet, nur drüben die Nehrung steht dunkelrot im Morgenschein.

Wie sie um die Windenburger Ecke herumkommen, dort, wo die Landzunge sich spitz in das Wasser hineinstreckt, lockert er erst die Segelleine und wirft dann mit raschem Griff das Steuer um, denn von nun an geht es mit vollem Wind geradewegs nach Osten.

Sooft sie zum Vater nach Minge fuhr, vor dieser Stelle hatte sie schon immer Angst gehabt, denn wenn irgendeinmal ein Unglück geschehen ist, dann war es nur hier.

Und sie sucht in ihrer ungewissen Angst das liebe Minge, das in der Ferne ganz deutlich zu sehen ist, und denkt bei sich: »Ach, Vater, wenn du wüßtest, was für einen schlimmen Weg die Indre fährt.«

Aber sie ist still im Herrn. Nur die gefährliche Stelle macht ihr das Herz eng.

Und dann fährt der Kahn glatt auf die Mündung zu, die mit ihren Grasbändern rechts und links schon lang auf sie zu warten scheint.

Da liegt nun vor ihr der breite Atmathstrom, breit wie die Memel selber, von der er ein Arm ist, und das hübsche kleine Windchen macht auf dem Wasser ein Reibeisen.

»Zwei Mundvoll mehr wären gut«, sagt der Ansas halb abgewandt zu ihr herüber, »denn wenn der Gegenstrom auch schwach ist, der Kahn merkt ihn doch.«

Sie denkt bloß: »Ich möchte nach Minge.« Aber Minge liegt längst weit im Rücken. Denn drüben ist schon Kuwertshof, das einsam zwischen Wasserläufen gelegene Wiesengut, von dem die Leute sagen, daß, wer darauf wohnen will, sich Schwimmhäute anschaffen muß, sonst kann er nicht vor und nicht zurück.

»Auch ich kann nicht vor und nicht zurück«, denkt sie, »und muß stillhalten, wie er es bestimmt.«

Nun macht der Strom den großen Ellbogen nach Süden hin, und die Segel schlagen zur Seite, so daß sie ihn mit seinem ganzen Körper sehen kann. Sie sitzt auf der Paragge, dem Abschlag vorn an der Spitze, und er hinten am Steuer. Der Mast steht zwischen ihnen.

Ihr ist, als will er sich vor ihren Blicken verstecken. Er rückt nach rechts, er rückt nach links, aber es hilft ihm nichts.

»Du armer Mann«, denkt sie, »ich möchte nicht an deiner Stelle sein.« Und sie lächelt ihn traurig an, so leid tut er ihr.

Auf der rechten Seite kommt nun Ruß, der große Herrenort, in dem so viel getrunken wird wie nirgends auf der Welt.

Vor dem Rußner Wasserpunsch fürchten sich ja selbst die Herren von der Regierung.

Zuerst mit den vielen Flößen davor der Anckersche Holzplatz und eine Sägemühle und dann noch eine und noch eine.

Die Dzimken, die Flößer, die mit den Hölzern stromab aus Rußland kommen, sitzen in ihren langen grauen Hemden auf der Floßkante und baden sich die Füße. Hinter ihnen rauchen die Kessel zum Frühstücksbrot.

»Er wird mir wohl Gift 'reintun«, denkt sie. Aber noch hat sie das mitgebrachte Essen in ihrer Hand, und was anderes wird sie nicht zu sich nehmen.

Die Insel Bionischken kommt mit ihrer neuen Sägemühle. Auch hier liegen Holztriften fest, und die Dzimken, die Tag und Nacht Musik machen müssen, fangen schon an, die Kehlen zu stimmen.

Eins von den Liedern kennt sie:

Lytus lynòju, rasà rasòju
O mùdu abùdu lovò gulèju.

Sie denkt: »Wenn alles so wäre wie einst, dann würden wir
jetzt mitsingen.«
Die Dzimken winken ihnen auch einladend mit den Händen, aber keines von ihnen beiden grüßt wieder. Und viele
andere haben ihnen während der Fahrt noch zugewinkt,
aber niemals haben sie Antwort gegeben.
Hinter Ruß kommt, wie wir ja wissen, eine traurige Gegend.
Links das Medszokel-Moor, wo die Ärmsten der Armen
wohnen, rechts das Bredszuller Moor, das auch nicht viel
wert ist. Aber dahinter erhebt sich auf Hügeln und Höhen
der Ibenhorst, der weitberühmte Wald, in dem die wilden
Elche hausen.
Und sie muß an jenen Frühlingstag denken, vor sieben Jahren. Sie trug damals die Elske im sechsten Monat und war in
der Wirtschaft schon wenig mehr nütze. Da sagte er eines
Tages zu ihr: »Wir wollen nach Ibenhorst fahren, vielleicht
daß wir die Elche sehen.« Aber er nahm nicht wie heute die
Waltelle — das Mittelboot —, denn damit kommt man in den
kleinen Seitenflüssen nicht vorwärts, sondern den Handkahn. In dem fuhren sie nun eng aneinandergedrückt durch
das Gewirr der fließenden Gräben, durch Rohr und Binsen,
stunden- und stundenlang. Und sie hatte den Kopf auf seinem Schoß liegen und sagte ein Mal über das andere: »Ach,
was brauchen wir Elche zu sehen, es ist ja auch so ganz
wunderschön.« Und schließlich sahen sie doch einen. Es
war ein mächtiger Bulle mit einem Geweih, rein wie zwei
Mühlenflügel. Der stand ganz nahe im Röhricht und kaute
und sah sie an. Ansas sagte: »Sehr wild scheint der nicht zu
sein, ich fahr' einfach auf ihn los.« Aber die Elske in ihrem

23

Leibe, die wollte das nicht und machte einen heftigen Sprung. Und als sie ihm das sagte, da wußte er nicht, wie rasch er umkehren sollte.

An jenen Frühlingstag also muß sie denken, und dabei kommt mitten aus ihrer Ergebung der Jammer plötzlich über sie, so daß sie die gefalteten Hände vor die Stirn legt und dreimal weinend sagt: »O Gott, o Gott, o Gott!«

Dann sieht sie, daß er das Ruder festmacht und über die Großmastbank zu ihr herübersteigt.

»Worüber klagst du eigentlich?« hört sie ihn sagen.

Sie hebt die Augen zu ihm auf und sagt: »Ach, Ansas, Ansas, weißt du nicht besser als ich, warum ich klage?«

Da dreht er sich auf seinen Hacken um und geht stumm zum Hinterende zurück.

Auf einer der entgegenfahrenden Triften spielt ein Dzimke die Harmonika.

Sie denkt: »Nun wird die Elske wohl nie mehr Klavier spielen lernen ... und der Willus wird auch niemals ein Pfarrer werden.« Denn das hat sie sich in ihrem Sinne vorgenommen, weil es ein gottgefälliges Werk ist.

Sie denkt weiter: »Ich werde es mir noch vorher von ihm versprechen lassen.« Aber wie kann sie wissen, wann das Schreckliche kommen wird, so daß sie noch Zeit behält zum Bitten? Jeden Augenblick kann es kommen, denn oft ist alles menschenleer — auch an den Ufern weit und breit.

»Was mag er nur in der Sackleinwand haben?« denkt sie weiter. »Da drin muß es sein, womit er das Schreckliche ausüben will. Aber was kann es sein?« Das Paket ist rund und halb mannslang und etwa wie ein Milcheimer so stark. Als er es vor der Abfahrt auf den Boden warf, ist kein Schall zu hören gewesen. Es muß also leicht sein von Gewicht.

»Das Beste ist«, denkt sie, »ich lasse es kommen, wie es

kommt, und nutze die Zeit, um Frieden zu machen mit dem Herrn.«

Aber der Herr hat ihr den Frieden längst gesandt. Sie weiß kaum einmal, um was sie beten soll. Denn um die Rettung zu beten, ziemt ihr nicht. Da braucht sie ja nur zu schreien, wenn irgendein Floß kommt. Und so betet sie für die Kinder. Immer der Reihe nach und dann wieder von vorne.

Wie lange Zeit so verflossen ist, kann sie nicht sagen. Aber die Sonne steht schon ganz hoch, da hört sie von drüben seine Stimme: »Bring mir zu essen, ich hab' Hunger!«

Das Herz schlägt ihr plötzlich oben im Halse. »Jetzt wird es geschehen«, denkt sie. Aber wie sie ihm die Neunaugen und die Rauchwurst hinüberträgt und Brot und Butter dazu, da zittert sie nicht, denn jetzt denkt sie wieder: »Nein, so kann es *nicht* geschehen, er wird sich eine andere Art und Weise suchen.«

Und dann, wie er fragt: »Ißt du denn nichts?«, kommt ihr plötzlich der Gedanke: »Es wird gar nicht geschehen. Und nur mein trüber Sinn malt es mir aus.«

Aber sie braucht ihn nur anzusehen, wie er dasitzt, in sich zusammengekrochen und die Blicke irgendwo ins Weite oder aufs Wasser gerichtet, bloß nicht auf sie, dann weiß sie: »Es wird *doch* geschehen.«

Mit einmal faßt sie sich ein Herz und fragt: »Was hast du da in der Sackleinwand?«

Er zieht finster den Mund in die Höhe und antwortet: »Meine Wasserstiefel.«

Aber sie weiß, daß das nicht wahr sein kann, denn deren Absätze sind eisenbeschlagen und hätten beim Hinschmeißen geklappert.

Dann packt sie die Speisen zusammen und geht nach dem Vorderende zurück.

Die Sonne sticht nun sehr, und sie muß ihr Kopftuch tief in die Augen ziehen.

Längst haben sie die arme Moorgegend verlassen, auch der schwarze Rand des Ibenhorstes ist untergesunken, und hinter dem Damm dehnt sich die fruchtbare Niederung, wo der Morgen tausend Mark kostet und die Bauern Rotwein auf dem Tische haben.

Die Klokener Fähre kommt, hinter der Kaukehmen liegt, der große, reiche Marktort, in dessen bestem Gasthaus nur studierte Leute aus und ein gehen dürfen. »Wenn der Willus Pfarrer sein wird, wird er dort auch aus und ein gehen dürfen. Aber der Willus wird ja nie Pfarrer sein. Wird etwa die Busze ihn auf die hohe Schule gehen lassen?«

Nun dauert es noch etwa eine Stunde, dann kommt die Stelle, an der die Gilge sich abzweigt. Sie sieht das blanke Gewässer nach rechts hin im Grünen verschwinden, fragt aber nichts.

Da kriegt der Ansas mit einmal die Sprache wieder und sagt: »Du, Indre, von nun an heißt es nicht mehr der Rußstrom, jetzt ist es die Memel.«

Sie bedankt sich für die Belehrung, und dann wird es wieder still. So lang still, bis Ansas plötzlich den Arm hebt und ganz erfreut nach vorne zeigt.

Sie wendet sich um und fragt: »Was ist?«

»Was wird sein?« sagt er. »Tilsit wird sein.«

Sie sieht nicht nach Tilsit. Sie sieht bloß nach ihm. Er lacht übers ganze Gesicht, weil sie nun bald da sind.

»Es wird *nicht* geschehen«, denkt sie. »*Der* Mensch kann sich nicht freuen, der so Schreckliches mit sich herumträgt.«

Und dann wird er ganz ärgerlich, weil sie so gar keine Neugier zeigt.

»Da vorne bauen sie die große Eisenbahnbrücke«, sagt er, »und hinten steht auch Napoleons Kirchturm, aber du siehst dich nicht einmal um.«

Sie entschuldigt sich und läßt sich alles erklären. Und so kommen sie immer näher.

Die Mauerpfeiler, die aus dem Wasser wachsen, und die Eisengerüste hoch oben, die in der Luft hängen wie der Netzstiel beim Fischen — so was hat sie wirklich noch nie gesehen.

»Alles war Unsinn«, denkt sie. »Es wird *nicht* geschehen.«

Und dann kommen Holzplätze, so groß wie der Anckersche in Ruß, und Schornstein nach Schornstein, und dann die Stadt selber. Mit Wohnhäusern, noch höher als die Speicher in Memel. Denn Memel kennt sie. Dorthin ist sie früher manchmal zu Markt mitgefahren und um die See zu sehen.

Napoleons Kirchturm hätte sie sich wunderbarer vorgestellt. Die acht Kugeln sind wirklich da, aber das Mauerwerk steht darauf, als ob es gar nicht anders sein könnte.

Ansas zieht die Segel ein und lenkt dem steinernen Ufer zu. Dort, wo er festmacht, liegen schon ein paar andere Fischerkähne, mit deren Besitzern er sich begrüßt. Es sind Leute aus Tawe und Inse, die ihren Fang am Morgen verkauft haben.

»Kommt ihr Wilwischker jetzt auch schon hierher«, sagt einer neidisch, »und verderbt uns die Preise?«

Ansas, der sich gerade die Wichsstiefel anzieht, antwortet ihm gar nicht. Für solche Gespräche ist er zu stolz.

Indre breitet das weiße Reisetuch über den vorderen Abschlag und setzt die Speisen darauf. Neben den Neunaugen und der Rauchwurst hat sie auch Soleier und selbstgeräucherten Lachs mit eingepackt. Und da sie seit halb vier in der Frühe nichts mehr gegessen hat, merkt sie jetzt, daß ihr schon längst vor Hunger ganz schwach ist.

Sie sitzen nun beide auf den Kanten des Bootes einander nahe gegenüber und essen das Mitgenommene als Mittagbrot. Geld, um in ein vornehmes Gasthaus zu gehen und sich auftafeln zu lassen vom Besten, hat Ansas wohl übergenug. Aber das ist nicht Fischergewohnheit.

Sie denkt nun gar nicht mehr an das Schreckliche, aber das Herz liegt ihr von all dem Fürchten noch wie ein Stein in der Brust.

Jetzt ist es der Ansas, der nicht viel essen kann, denn die Erwartung, ihr alles zu zeigen, läßt ihm keine Geduld. Er steht auf und sagt: »Nun kann es losgehen.« Aber vorher kehrt er noch nach hinten zurück, das Hängeschloß zu holen, damit der Kahn nicht etwa inzwischen verschwindet.

Dabei kommt er mit einem Fuß zufällig unter den runden Sack, der vor dem Steuersitz liegt. Der fliegt wie von selber hoch, so leicht ist er, und sinkt dann wieder zurück. Sie sieht, wie er dabei erschrickt und zu ihr herüberglupt, ob sie's auch nicht bemerkt hat. Und der Stein in ihrer Brust wird schwerer.

Aber wie sie das Ufer hinanschreiten und er ihr alles erklärt, denkt sie wieder: »Es kann nicht sein, es muß eine andere Bewandtnis haben.«

Dann biegen sie in die Deutsche Straße ein, die breit ist wie ein Strom und an ihren Rändern lauter Schlösser stehen hat. In den Schlössern kann man sich kaufen, was man will, und alles ist viel schöner und prächtiger als in Memel.

Der Ansas sagt: »Hier aber ist das Schönste« und weist auf ein Schild, das die Aufschrift trägt: »Konditorei von Dekomin«.

Und da ein kaltes Mittagbrot nie ganz satt macht, so beschließen sie auch sogleich hineinzugehen und die leeren Stellen im Magen aufzufüllen.

Und wie sie eintreten, o Gott, was sieht die Indre da! In einer langen, schmalen Stube, in der es kühl und halbdunkel ist, steht nicht weit von der Wand ein Tisch, der von einem Ende bis zum andern reicht und der ganz bedeckt ist mit Kuchen und Torten und sonstigen Süßigkeiten aller Art.

»Da wollen wir nun schwelgen«, sagt der Ansas und reckt sich.

Aber sie traut sich noch nicht, und er muß ihr die Stücke einzeln auf den Teller legen. Auch einen schönen Rosenlikör bestellt er. Der ist süß wie der Himmel und klebt an den Fingern, so daß man immerzu nachlecken muß.

»Darf ich nicht auch den Kindern was mitbringen?« fragt sie.

»Nun, das versteht sich«, sagt er und lacht.

Da sticht ihr plötzlich der Gedanke ins Herz, daß sie die Kinder vielleicht niemals mehr sehen wird. Ganz abgeängstigt blickt sie ihn an — und siehe da!, auch sein Gesicht hat sich verändert. Der Mund steht ihm offen, ganz hohl sind die Backen, und die Augen schielen an ihr vorbei.

»Es wird *doch* geschehen«, denkt sie und legt den Teelöffel hin, ißt auch nicht einen Bissen mehr, nur die Krumen, die rings um den Teller verstreut auf dem Steintisch liegen, wischt sie mit den Fingerspitzen auf und denkt dabei — — ja, was denkt sie? Nichts denkt sie. Und auch er sitzt da wie vor den Kopf geschlagen und redet kein Wort.

»Also wird es *doch* geschehen!

Dann, wie er aufsteht, sagt er: »Nun laß dir einpacken.« Aber sie kann nicht. »Bring du es ihnen«, sagt sie, und er tritt an den Tisch und sucht aus. Aber er weiß nicht, was er aussucht, denn seine Augen gehen immer nach ihr zurück, als will er was sagen und traut sich nicht.

Dann, wie sie wieder auf die Straße hinaustreten, die von der Nachmittagssonne geheizt ist wie ein Backofen, gibt er sich einen Ruck und fängt von neuem mit dem Erklären an. Dies ist das und jenes ist das. Aber sie hört kaum mehr hin. Ganz benommen ist sie von neuer Angst. Die kommt und geht, wie die Haffwellen ans Ufer schlagen.

Dann stehen sie vor einem Kurzwarenladen, in dessen Schaufenster auch Kindersachen ausliegen. »Wir wollen 'reingehen«, sagt sie. »Du kannst den Kindern ein Andenken mitbringen.«

»Andenken? An wen?« fragt er und stottert dabei.

»An mich«, sagt sie und sieht ihn fest an.

Da wird er wieder rot, wendet die Augen ab und fragt nicht weiter.

Es wird also ganz sicher geschehen.

Sie sucht für den Endrik eine Wachstuchschürze mit roten Rändern, damit er sich nicht schmutzig macht, wenn er im Sand spielt, für die Elske eine blaue Kappe gegen die Sonne und für den kleinen Willus — was kann es viel sein? — ein Sabberschlabbchen, unter das Kinn zu binden. »Vielleicht werden doch einmal Pfarrerbäffchen daraus«, denkt sie und verbeißt ihre Tränen.

Der junge Mann, der die Sachen einwickelt, sagt, zu Ansas gewandt: »Vielleicht haben Sie auch für die Frau Gemahlin einen Wunsch.«

Er steht verlegen und geschmeichelt, weil man die Indre eine »Frau Gemahlin« nennt, was von einer litauischen Fischersfrau wohl nicht häufig gesagt wird.

Und der junge Mann fährt fort: »Vielleicht darf ich auf unsere echten Schleiertücher aufmerksam machen, denn, wenn ich mir die Bemerkung erlauben darf, das, welches die Frau Gemahlin augenblicklich trägt, ist etwas — durchgeschwitzt.«

Indre erschrickt und sucht einen Spiegel, denn noch hat sie nicht den Mut gehabt, sich irgendwo zu besehen. Und der junge Mann breitet eilig seine Gewebe aus. Die sind rein wie aus Spinnweben gemacht und haben Muster wie die schönsten Mullgardinen.

Ansas wählte das teuerste von allen — er getraut sich gar nicht, ihr zu sagen, wie teuer es ist —, und der junge Mann führt sie vor eine Wand, die ganz und gar ein Spiegel ist. Wie sie das Tuch am Halse geknotet hat, so daß es die Ohren bedeckt und die Augen verschattet, da weiß er sich vor Entzücken gar nicht zu lassen.

»Nein, wie schön die Frau Gemahlin ist!« ruft er ein Mal über das andere. »Nie hat dieser Spiegel etwas Schöneres gesehen!«

Und sie bemerkt fast erschrocken, wie der Ansas sich freut.

Im Rausgehen wendet er sich noch einmal um und fragt den jungen Mann, ob er wohl weiß, wie die Züge gehen.

»Zur Ankunft oder zur Abfahrt?« fragt der junge Mann.

Und Ansas meint, das wäre ganz gleich.

Da lächelt der junge Mann und sagt, bald nach viere komme einer an, und gegen sechse fahre einer ab. Man habe also die Auswahl.

Ansas bedankt sich und sagt, als sie draußen sind: »Wir wollen lieber die Abfahrt nehmen, denn da sieht man ihn in der Ferne verschwinden.«

Aber bis sechs ist noch viel Zeit. Was kann man da machen?

Der Indre ist alles egal. Sie denkt bloß: »Wenn es *doch* geschehen soll, warum hat er dann noch so viel Geld für mich ausgegeben?«

Und in ihr Herz kommt wieder einmal die Hoffnung zurück.

Ansas ist vor einer Mauer stehengeblieben, auf der ein Zettel klebt:

JAKOBSRUH

Heute 4 Uhr

Großes Militärkonzert

Ausgeführt von der Kapelle

des litauischen Dragonerregiments

Prinz Albrecht

Und darunter steht alles gedruckt, was sie spielen werden.

Der Stein in Indres Brust ist nun ganz leicht geworden, kaum zu fühlen ist er.

Aber sie hat Zweifel, ob bei einem solchen Vergnügen, das augenscheinlich für die Deutschen bestimmt ist, auch Litauer zugegen sein dürfen — und dazu noch in ihrer Landestracht.

Aber Ansas lacht sie aus. Wer sein Eintrittsgeld bezahlt, ist eingeladen, gleichgültig, ob er »wokiszkai« spricht oder »lietuwiszkai«.

Indre zweifelt noch immer, und nur der Gedanke, daß es ja ein litauisches Dragonerregiment ist, welches die Musiker hergibt, macht ihre Schamhaftigkeit etwas geringer.

So fahren sie also in einer Droschke nach Jakobsruh, jenem Lustort, der bekanntlich so schön ist wie nichts auf der Welt. Bäume, so hoch und schattengebend wie diese, hat Indre noch nie gesehen, auch nicht in Heydekrug und nicht in Memel. Am Haff, wo es nur kurze Weiden gibt und dünne Erlen, könnte man sich von einer solchen Blätterkirche erst recht keinen Begriff machen.

Aber trotz ihrer Freude ist ihr vor dem fremden Orte noch bange genug, denn ringsum sitzen an rotgedeckten Tischen lauter städtische Herrenleute, und als Ansas vorangeht, einen Platz zu suchen, recken alle die Hälse und sehen hinter ihnen her.

Es ist, um in die Erde zu sinken.

Ansas dagegen fürchtet sich nicht im mindesten. Er findet auch gleich einen leeren Tisch, wischt mit dem Schnupftuch den Staub von den Stühlen und befiehlt einem feinen deutschen Herrn, ihm und ihr Kaffee und Kuchen zu bringen. Genau so, wie es die anderen machen.

So ein mutiger Mann ist der Ansas. Man fühlt sich gut geborgen bei ihm, und alle die Angst war ein Unsinn.

Nicht weit von ihnen ist eine kleine Halle aufgebaut mit dünnen Eisenständern und einem runden Dachchen darauf. Die füllt sich mit hellblauen Soldaten! O Gott, so vielen und blanken Soldaten! Während es doch sonst nur drei oder vier schmutzige Vagabunden sind, die Musik machen.

Zuerst kommt ein Stück, das heißt »Der Rosenkavalier«. So steht auf einem Blatt zu lesen, das Ansas von dem Kassierer gekauft hat. Wie das gespielt wird, ist es, als flöge man gleich in den Himmel. Dicht vor den Musikern haben sich zwei Kinderchen gegenseitig um den Leib gefaßt und drehen sich im Tanze. Da möchte man gleich mittanzen.

Und hat sich doch vor einer Stunde noch in Todesnöten gewunden!

Wie das Stück zu Ende ist, klatschen alle, und auch die Indre klatscht.

Rings wird es still, und die Kaffeetassen klappern.

Ansas sitzt da und rührt sich nicht. Wie sie ihn etwas fragen will — so gut ist sie schon wieder mit ihm —, da macht er ihr ein heimliches Zeichen nach links hin: sie soll horchen.

Am Nebentisch sprechen ein Herr und eine Dame von ihr.

»Wenn eine Litauerin hübsch ist, ist sie viel hübscher als wir deutschen Frauen«, sagt die Dame.

Und der Herr sagt: »In ihrer blassen Lieblichkeit sieht sie aus wie eine Madonna von — —«

Und nun kommt ein Name, den sie nicht versteht. Auch was das ist: »Madonna«, weiß sie nicht. Für ihr Leben gern hätte sie den Ansas gefragt, der alles weiß, aber sie schämt sich.

Da fängt sie einen Blick des Ansas auf, mit dem er gleichsam zu ihr in die Höhe schaut, und nun weiß sie, was sie schon im Laden geahnt hat: er ist stolz auf sie, und sie braucht nie mehr Angst zu haben.

Dann hört die Pause auf, und es kommt ein neues Stück. Das heißt »Zar und Zimmermann«. Der Zar ist der russische Kaiser. Daß man von *dem* Musik macht, läßt sich begreifen. Warum aber ein Zimmermann zu solchen Ehren kommt, ein Mensch, der schmutzige Pluderhosen trägt und immerzu Balken abmißt, bleibt ein Rätsel.

Dann kommt ein drittes Stück, das wenig hübsch ist und bloß den Kopf müde macht. Das hat sich ein gewisser Beethoven ausgedacht.

Aber dann kommt etwas! Daß es so was Schönes auf Erden gibt, hat man selbst im Traum nicht für möglich gehalten. Es heißt »Die Post im Walde«. Ein Trompeter ist vorher weggegangen und spielt die Melodie ganz leise und sehnsüchtig von weit, weit her, während die anderen ihn ebenso leise begleiten. Man bleibt gar nicht Mensch, wenn man das hört! Und weil die Fremden, die Deutschen, ringsum nicht sehen dürfen, wie sie sich hat, springt sie rasch auf und eilt durch

34

den Haufen, der die Kapelle umgibt, und an vielen Tischen vorbei dorthin, wo es einsam ist und wo hinter den Bäumen versteckt noch leere Bänke stehen.

Dort setzt sie sich hin, schiebt das neue Kopftuch aus den Augen, damit es nicht naß wird, und weint, und weint sich all die — ach, all die ausgestandene Angst von der Seele.

Und dann setzt sich einer neben sie und nimmt ihre Hand. Sie weiß natürlich, daß es der Ansas ist, aber sie ist vor Tränen ganz blind.

Sie lehnt den Kopf an seine Schulter und sagt immer schluchzend: »Mein Ansuttis, mein Ansaschen, bitte, bitte, tu mir nichts, tu mir nichts.«

Sie weiß, daß er ihr nun nichts mehr tun wird, aber sie kann nicht anders — sie muß immerzu bitten.

Er zittert am ganzen Leibe, hält ihre Hand fest und sagt ein Mal über das andere: »Was redest du da nur? Was redest du da nur?«

Sie sagt: »Noch ist es nicht gut. Ehe du es nicht gestehst, ist es noch nicht ganz gut.«

Er sagt: »Ich habe nichts zu gestehen.«

Und sie streichelt seinen Arm und sagt: »Du wirst es schon noch gestehen. Ich weiß, daß du es gestehen wirst.«

Er bleibt immer noch dabei, daß er nichts zu gestehen hat, und sie gibt sich zufrieden. Nur wenn sie daran denkt, daß daheim im Dorf die Busza sitzt und lauert, läuft es ihr ab und zu kalt über den Rücken.

Mit ineinandergelegten Händen gehen sie zu ihrem Tische zurück und kümmern sich nicht mehr um die Leute, die nicht satt werden können, ihnen nachzusehen.

Und weil nun ringsum die Kaffeetassen verschwunden sind und statt ihrer Biergläser stehen, bestellt sich Ansas auch was bei dem feinen Herrn — aber kein Bier bestellt er, sondern eine Flasche süßen Muskatwein, wie ihn die Litauer lieben.

Und beide trinken und sehen sich an, bis Indre sich ein Herz faßt und ihn fragt: »Mein Ansaschen, was heißt das — eine Madonna?«

»So nennt man die katholische heilige Jungfrau«, sagt er.

Sie zieht die Lippen hoch und sagt verächtlich: »Wenn's weiter nichts ist.« Denn die Neidischen, die sie ärgern wollten, haben sie schon als Mädchen so genannt, und sie ist doch stets eine fromme Lutheranerin gewesen.

Und sie trinken immer noch mehr, und Indre fühlt, daß sie rote Backen bekommt, und weiß sich vor Fröhlichkeit gar nicht zu lassen.

Da plötzlich fällt dem Ansas ein: »O Gott — die Eisenbahn! Und die Uhr ist gleich sechse!«

Er ruft den feinen Herrn herbei und bezahlt mit zwei harten Talern. Dann fragt er noch nach dem kürzesten Weg zum Bahnhof. Aber wie sie nun eilends dort hinlaufen wollen, ergibt es sich, daß sie nicht mehr ganz gerade stehen können.

Die Leute lachen hinter ihnen her, und die Dame am Nebentisch sagt bedauernd: »Daß diese Litauer sich doch immer betrinken müssen.«

Hätte sie gewußt, *was* hier gefeiert wird, so hätte sie's wohl nicht gesagt.

Die Straße zum Bahnhof führt ziemlich nah an den Schienen entlang. Sie laufen und lachen und laufen.

Da mit einmal macht es irgendwo: »Puff, puff, puff.«

O Gott — was für ein Ungeheuer kommt dort an! Und geradeswegs auf sie zu.

Indre kriegt den Ansas am Ärmel zu packen und fragt: »Ist sie das?«

Ja, das ist sie.

Wie kann es bloß so viel Scheußlichkeit geben! Der Pukys
mit dem feurigen Schweif und der andere Drache, der At-
wars, sind gar nichts dagegen. Sie schreit und hält sich die
Augen zu und weiß nicht, ob sie weiterlachen oder noch einmal losweinen soll. Aber da der Ansas sie beschützt, ent-
scheidet sie sich fürs Lachen und nimmt die Schürze vom
Gesicht und macht: »Puff, puff.« Genau so kindisch, wie die
Elske machen würde, wenn sie den Drachen sähe, mit dem
die Leute spazierenfahren.

»Wohin fahren sie?« fragt sie dann, als die letzten Wagen
vorbei sind.

Und Ansas belehrt sie: »Zuerst nach Insterburg und dann
nach Königsberg und dann immer weiter bis nach Berlin.«

»Wollen wir nicht auch nach Berlin fahren?« bittet sie.

»Wenn alles geordnet ist«, sagt er, »dann wollen wir nach
Berlin fahren und den Kaiser sehen.« Dabei wird er mit einmal steinernst, als ob er ein Gelübde tut.

O Gott, wie ist das Leben schön!

Und das Leben wird immer noch schöner.

Wie sie auf dem Wege zur inneren Stadt an dem »Anger«
vorbeikommen, jenem großen, häuserbestandenen Sand-
platz, auf dem die Vieh- und Pferdemärkte abgehalten werden, da hören sie aus dem Gebüsch, das den einrahmenden
Spazierweg umgibt, ein lustiges Leierkastengedudel und sehen den Glanz von Purpur und von Flittern durch die
Zweige schimmern.

Nun möchte ich den Litauer kennenlernen, der an einem
Karussell vorbeigeht, ohne begierig stehenzubleiben.

Die Sonne ist zwar bald hinter den Häusern, und morgen
früh will Ansas beim Kuhfuttern sein, aber was kann der

kleine Umweg viel schaden, da man ja sowieso an vierzehn Stunden kreuzen muß.

Und wie sie das runde, sammetbehangene Tempelchen vor sich sehen, dessen Prunksessel und Schlittensitze nur auf sie zu warten scheinen, da weist Ansas mit einmal fast erschrokken nach dem Leinwanddache, auf dessen Spitze ein goldener Wimpel weht.

Sie weiß nicht, was sie da kucken soll.

Er vergleicht den Wimpel mit den Wetterfahnen rings auf den Dächern. Es stimmt! Der Wind ist nach Süden umgeschlagen — und das Kreuzen unnötig geworden. In sieben Stunden kann der Kahn zu Hause sein.

Also 'rauf auf die Pferde! Die Indre wehrt sich wohl ein bißchen — eine Mutter von drei Kindern, wo schickt sich das? Aber in Tilsit kennt sie ja keiner. Also, fix, fix rauf auf die Pferde, sonst geht's am Ende noch los ohne sie beide.

Und sie reiten und fahren und reiten wieder, und dann fahren sie noch einmal und noch einmal, weil sie zum Reiten schon zu schwindlig sind. Die ganze Welt ist längst eine große Drehscheibe geworden, und der Himmel jagt rückwärts als ein feuriger Kreisel um sie herum. Aber sie fahren noch immer und singen dazu:

> Tilschen, mein Tilschen, wie schön bist du doch!
> Ich liebe dich heute wie einst!
> Die Sonne wär' nichts wie ein finsteres Loch,
> Wenn du sie nicht manchmal bescheinst.

Und die umstehenden Kinder, die schon dreimal Freifahrt gehabt hatten, singen dankbar mit, obwohl sie Text und Weise nicht begreifen können.

Aber schließlich wird der Indre übel. Sie *muß* ein Ende machen, ob sie will oder nicht. Und nun stehen sie beide lachend und betäubt unter den johlenden Kindern und streuen in die ausgestreckten Hände die Krümel der Konditorkuchen, die sie aus Versehen längst plattgesessen haben.

Ja, so schön kann das Leben sein, wenn man sich liebt und Karussell dazu fährt!

Dann nehmen sie Abschied von den Kindern und den Kindermädchen, von denen etliche sie noch ein Ende begleiten. Um ihnen den Weg zu zeigen, sagen sie, aber in Wahrheit wollen sie bei Gelegenheit noch ein Stück Kuchen erraffen. Und sie hätten auch richtig was gekriegt, wenn sie bis zur Dekominschen Konditorei ausgehalten hätten. Aber die liegt ja, wie wir wissen, am andern Ende der Stadt.

Daselbst lassen sie beide sich noch einmal ein schönes Paketchen zurechtmachen, aber diesmal sucht die Indre aus. Der Ansas bestellt derweilen noch zwei Gläschen von dem klebrigen Rosenlikör und nimmt zur Sicherheit für vorkommende Fälle gleich die ganze Flasche mit.

Wie sie zu ihrem Kahn hinabsteigen, ist die Sonne längst untergegangen. Aber das macht nichts, denn der Südwind hält fest, und der Mond steht schon bereit, um ihnen zu leuchten.

Unter solchen Umständen ist ja die Fahrt ein Kinderspiel.

Ansas schöpft mit der Pilte das Wasser aus, damit die Bodenbretter hübsch trocken sind, wenn die Indre sich etwa langlegen will. Aber sie will nicht. Sie setzt sich auf ihren alten Platz vorn auf die Paragge, damit sie dem Ansas zusehen und sich im stillen an ihm freuen kann.

Und dann geht es los.

Die Ufer werden dunkler, und eine große Stille breitet sich aus. Sie muß immerzu daran denken, in welcher Angsthaftigkeit das Herz sie drückte, als sie vor acht Stunden desselben Weges fuhr, und wie leicht sie jetzt Atem holen kann.

Sie möchte am liebsten ein Dankgebet sprechen, aber sie will es nicht allein tun, denn er gehört ja wieder zu ihr ... und nötig hat er es auch.

Aber er hat jetzt nur Blick für Segel und Steuer, denn die Brückenpfeiler sind da und viele Kähne, die auf beiden Seiten vor Anker liegen.

Manchmal nickt er ihr freundlich zu. Das ist alles.

Alsdann breitet sich der Strom, und der Mond fängt zu scheinen an. Die Wellchen sind ganz silbern in der Richtung auf ihn zu und setzen sich und fliegen auf wie kleine weiße Vögelchen.

Sie kann den Ansas gut erkennen, er sie aber nicht, denn der Mond steht hinter ihr. Darum sagt er auch plötzlich: »Warum sitzt du so weit von mir weg?«

»Ich sitze da, wo ich bei der Hinfahrt gesessen hab'«, sagt sie.

»Hinfahrt und Rückfahrt sind so verschieden wie Tag und Nacht«, sagt er.

Und sie denkt: »Bloß daß jetzt Tag ist und damals Nacht wär.«

»Darum komm herüber und setz dich neben mich«, sagt er.

Ach, wie gern sie das tut!

Aber als sie ihm näher kommt, da fällt ihr Blick auf die Sackleinwand, die zwischen seinen Füßen liegt und die sie bisher nicht bemerkt hat.

Wie sie die wiedersieht, wird ihr ganz schlecht. Sie sinkt auf die Mittelbank nieder und lehnt ihren Rücken gegen den Mast.

»Warum kommst du nicht?« fragt er fast unwirsch.

Nun weiß sie nicht, was sie tun soll. Soll sie ihn fragen, soll sie's mit Stillschweigen übergehen? Aber das weiß sie: dorthin, wo prall und rund der Sack liegt, um dessen Inhalt er sie belügt, dorthin kann sie die Füße nicht setzen. Sie würde glauben, auf ein Nest von Schlangen zu treten.

Und da kommt ihr der Gedanke, Klarheit zu schaffen über das, was gewesen ist. Jetzt gleich im Augenblick. Denn später kommt sie vielleicht nie.

Sie faßt sich also ein Herz.

»Willst du mir nicht sagen, mein Ansaschen, was du in der Sackleinwand hast?«

Er fährt hoch, als hätte ihn eine aus dem Schlangennest in den Fuß gebissen, aber er schweigt und wendet den Kopf weg. Sie kann sehen, wie er zittert.

Da erhebt sie sich und legt die Hand auf seine Schulter, aber sie hütet sich wohl, der Sackleinwand zu nahe zu kommen.

»Mein Ansaschen«, sagt sie, »es ist ja jetzt wieder ganz gut zwischen uns, aber ehe du nicht alles gestehst, geht die Erinnerung an das Böse nicht weg.«

Er bleibt ganz still, aber sie fühlt, wie es ihn schüttelt.

»Und dann, mein Ansaschen«, sagt sie weiter, »geht es auch wegen des lieben Gottes nicht anders. Ich hab' vorhin beten wollen, aber die Worte blieben mir im Halse. Denn du standest mir nicht bei. Darum sag es schon, und dann beten wir beide zusammen.«

Da fällt er vor ihr auf seine Knie, schlingt die Arme um ihre Knie und gesteht alles.

»Mein armes Ansaschen«, sagte sie, als er zu Ende ist, und streichelt seinen Kopf. »Da müssen wir aber tüchtig beten, damit der liebe Gott uns verzeiht.«

Und sie läßt sich neben ihm auf die Knie nieder, faltet ihre

Hände mit den seinen zusammen, und so beten sie lange.
Nur manchmal muß er nach dem Steuer sehen, und dann
wartet sie, bis er fertig ist.

Zum Schluß segnet sie ihn, und er segnet sie, und dann stehen sie wieder auf und sind guter Dinge.

Nur was in der Sackleinwand ist, hat er vergessen zu sagen.

Sie zeigt darauf hin und will es wissen.

Aber er wendet sich ab.

Er schämt sich zu sehr.

Da sagt sie: »Ich werde selber öffnen.« Und er wehrt ihr
nicht.

Und wie sie den Sack aufreißt, was findet sie da? Zwei Bündel grüne Binsen findet sie, mit Bindfaden ineinandergebun-
den. Weiter nichts.

Sie lacht und sagt: »Ist das die ganze Zauberei?«

Aber er schämt sich noch immer.

Da errät sie langsam, daß er damit nach dem Umschlagen
des Kahnes hat davonschwimmen wollen, wie die Schuljungens tun, wenn sie im tiefen Wasser paddeln.

»Solch ein Lunterus bin ich geworden!« sagt er und schlägt
sich mit den Fäusten vor die Brust.

Aber sie lächelt und sagt: »Pfui doch, Ansaschen, der
Mensch soll sich nicht *zu* hart schimpfen, sonst macht er
sich selber zum Hundsdreck.«

Und so hat sie ihm nicht nur verziehen, sondern richtet auch
seine Seele wieder auf. — —

Wie sie sich neben ihn setzt — denn er will sie nun ganz
nahe haben —, da merkt sie, daß sie mit ihrem Leibe den
Gang des Steuers behindert, darum breitet sie zu seinen Füßen das weiße Reisetuch aus, das sie im vorderen Abschlag
verwahrt hat, und legt sich darauf — doch so, daß ihr Kopf

auf seine Knie zu liegen kommt. Und nun ist es genauso wie damals im Ibenhorst, als die Elske noch unterwegs war.

Und so fahren sie dahin und wissen vor Glück nicht, was sie zueinander reden sollen.

Von den Uferwiesen her riecht das Schnittgras — man kann den Thymian unterscheiden und das Melissenkraut, auch den wilden Majoran und das Timotheegras — und was sonst noch starken Duft an sich hat … Der Stromdamm zieht vorüber wie ein grünblaues Seidenband. Nur wo zufällig der Rasen den Abhang hinuntergeglitten ist, da leuchtet er wie ein Schneeberg. Und der Mondnebel liegt auf dem Wasser, so daß man immer ein wenig aufpassen muß.

Außer den plumpsenden Fischchen, die nach den Mücken jagen, ist nicht viel zu hören: Nur die Nachtvögel sind immer noch wach. Kommt ein Gehölz oder ein Garten, dann ist auch die Nachtigall da und singt ihr »Jurgut — jurgut — jurgut — važok, važok, važok …«. Und der Wachtelmann betet sein Liebesgebet: »Garbink Diewa.« Sogar ein Kiebitz läßt sich noch ab und zu hören, obgleich der doch längst schlafen müßte.

Und dann kommt mit einemmal Musik. Das sind die Dzimken, die ihre Triften während der Nacht am Ternpfahl festbinden müssen. Aber Gott weiß, wann die schlafen! Bei Tage rudern sie und singen, und bei Nacht singen sie auch.

Ihr Feuerchen brennt, und dann liegen sie ringsum. Einer spielt die Harmonika, und sie singen.

Da hört man auch schon das hübsche Liedchen »Meine Tochter Symonene«, das jeder kennt, in Preußen wie im Russischen drüben. Jaja, die Symonene! Die zu einem Knaben kam und wußte nicht wie! Das kann wohl mancher so gehen. Aber der Knabe ist schließlich ein Hetman geworden, wenigstens hat die Symonene es so geträumt.

»Der Willus muß ein Pfarrer werden«, bittet die Indre schmeichelnd zu Ansas empor.

»Der Willus wird ein Pfarrer werden«, sagt er ganz feierlich, und die Indre freut sich. Denn was in solcher Stunde versprochen wird, das erfüllt sich gleichsam von selber.

So fahren sie an dem Floß vorbei, und bald kommt ein nächstes. Darauf spielt einer gar die Geige. Und die andern singen:

> Unterm Ahorn rinnt die Quelle,
> Wo die Gottessöhne tanzen
> Nächtlich in der Mondenhelle
> Mit den Gottestöchtern.

Ansas und Indre singen mit. Die Dzimken erkennen die Frauenstimme und rufen ihnen ein »Labs wakars!« zu. Zum Dank für den Gutenachtgruß will Ansas ihnen was Freundliches antun und läßt sich die Mühe nicht verdrießen, die Segel einzuziehen und an dem Floß anzulegen.

Nun kommen sie alle heran — es sind ihrer fünfe —, und der Jude, dem die Trift gehört, kommt auch.

Ansas schenkt jedem etwas von dem Rosenlikör ein, und sie erklären, so was Schönes noch nie im Leben getrunken zu haben.

Und dann singen sie alle zusammen noch einmal das Lied von den Gottestöchtern, von dem Ring, der in die Tiefe fiel, und den zwei Schwänen, die das Wasser getrübt haben sollen.

Zum Abschied reicht Ansas allen die Hand, und die Indre auch. Und der Jude wünscht ihnen »noch hundert Johr«!

Wären's bloß hundert Stunden gewesen, der Ansas hätt' sie brauchen können.

Da die Flasche mit dem Rosenlikör nun einmal hervorgeholt ist, wäre es unklug gewesen, sie wieder zu verstauen. Sie trinken also ab und zu einen Tropfen und werden immer glücklicher.

Noch an mancher Trift kommen sie vorbei und singen mit, was sie nur singen können, aber halten tun sie nicht mehr. Dazu ist der Rosenlikör ihnen zu schade.

Manchmal will auch der Schlaf sie befallen, aber sie wehren sich tapfer. Denn sonst — weiß Gott, auf welcher Sandbank sie dann sitzenblieben!

Nur eins darf der Ansas sich gönnen — nämlich von dem Abschlag hernieder auf die Bodenbretter zu gleiten. So kann er die Indre in seinem linken Arm halten und mit dem rechten das Steuer versehen.

Und die Indre liegt mit dem Kopf auf seiner Brust und denkt selig: »Der Endrik — und die Elske — und der Willus — und nun sind wir alle fünf wieder eins.«

Mit einmal — sie wissen nicht wie — ist Ruß da. Sie erkennen es an dem Brionischker Schornstein, der wie ein warnender Finger zu ihnen sagt: »Paßt auf!«

Die Dzimken, die dort mit ihren Triften liegen, sind nun richtig schlafen gegangen. Auch ihr Kesselfeuer brennt nicht mehr. Aber ob die tausendmal stilleschweigen, was macht es auch? Von Ruß gibt es ein hübsches Liedchen:

> Zwei Fischer waren,
> Zwei schöne Knaben,
> Aus Ruß gen Westen
> Zum Haff gefahren.

Das singen sie aus voller Kehle, und um hernach die Kehle anzufeuchten, wollen sie noch einen Schluck von dem Rosenlikör genehmigen, aber siehe da — die Flasche ist leer.

Sie lachen furchtbar, und der Ansas wird immer zärtlicher.

»Ach, liebes Ansaschen«, bittet die Indre, »gleich kommt der große Ellbogen, und dann geht es westwärts, bis dahin mußt du hübsch artig sein.«

Ansas hört noch einmal auf sie, und da ist auch schon der blanke Szieszefluß, da wo die Krümmung beginnt. Er holt die Segelleine mehr an und steuert nach links. Es geht zwar schwer, aber es geht doch immer.

Bis nach Windenburg hin, die anderthalb Meilen, läuft der Strom nun so schnurgerade, wie nur die Eisenbahn läuft. Kaum daß man hinter der Mündung der Mole ein wenig auszuweichen braucht.

Bei Windenburg freilich, wo die gefährliche Stelle ist, dort, wo gerade bei Südwind der Wellendrang aus dem breiten, tiefen Haff seitlich stark einsetzt, dort muß man die Sinne doppelt beisammenhalten — aber bis dahin ist noch lange, lange — — ach, wie lange Zeit!

»Indre, wenn du mir meine Sünden wirklich vergeben hast, dann mußt du's mir auch beweisen.«

»Ansaschen, du mußt aufpassen.«

»Ach was, aufpassen.«

Wenn man so lange blind und verhext neben der Besten, der Schönsten, neben einer Gottestochter dahergegangen ist und die Augen sind wieder aufgetan, was heißt da aufpassen?

»*Meine* Indre!«

»*Mein* Ansaschen!« — — —

Und nun liegen sie in ruhiger Seligkeit wieder nebeneinan-

der, und der Kahn fährt dahin, als säße die Laime selber am
Steuer.

»Ansaschen — aber nicht einschlafen!«

»Ach, wo werd' ich einschlafen!« — —

»Ansaschen — wer einschläft, den muß der andere wek-
ken.«

»Jawohl — den — muß — der andere wecken.« — — —

»Ansaschen, du schläfst!«

»Wer so was — sagen kann — der schläft — selber.«

»Ansaschen, wach auf!«

»Ich wach'. Wachst du?«

Und so schlafen sie ein.

Die Ane Doczys hat keine Ruh in ihrem Bett. Sie weckt also
ihren Mann und sagt: »Doczys, steh auf, wir wollen aufs
Haff hinausfahren.«

»Warum sollen wir aufs Haff hinausfahren?« fragt der Doczys, sich den Schlaf aus den Augen reibend. »Fischen tu'
ich erst morgen.«

»Die Indre hat solche Reden geführt«, sagt die Doczene, »es
ist besser, wir fahren ihnen entgegen.« — Da fügt er sich mit
Seufzen, zieht sich an und setzt die Segel.

Wie sie aufs Haff hinausfahren, wird es schon Tag, und der
Frühnebel liegt so dicht, daß sie keine Handbreit vorauf sehen können.

»Wohin soll ich fahren?« fragt der Doczys.

»Nach Windenburg zu«, bestimmt die Doczene.

Der Südwind wirft ihnen kurze, harte Wellen entgegen, und
sie müssen kreuzen.

Da, mit einmal horcht die Doczene hoch auf.

Eine Stimme ist hilferufend aus dem Nebel gedrungen —
eine Frauenstimme.

»Gerade darauf zu!« schreit die Doczene. Aber er muß ja kreuzen.

Und sie kommen schließlich doch näher — ganz nahe kommen sie.

Da finden sie die Indre auf dem Wasser liegen, wie die Wellen sie auf und nieder schaukeln.

Wie hat es zugehen können, daß sie *nicht* ertrunken ist?

Rechts und links von ihrer Brust ragen halb aus dem Wasser zwei Bündel von grünen Binsen, die sind mit einem Bindfaden auf dem Rücken zusammengebunden.

Sie ziehen sie in den Kahn, und sie schreit immerzu: »Rettet den Ansas! Rettet den Ansas!«

Ja — wo ist der Ansas?

Sie weiß von nichts. Zuletzt, als sie wieder hochgekommen ist, hat sie seine Hände gefühlt, wie er wassertretend die Binsen an ihr befestigte. Und von da an weiß sie nichts mehr von ihm.

Sie rufen und suchen und rufen.

Aber sie finden ihn nicht.

Nur den umgeschlagenen Kahn finden sie. An dem hätte er sich wohl halten können, aber er ist ihm sicher davongeschwommen, dieweil er die Binsen an Indres Leib befestigte.

Fünf Stunden lang suchen sie, und die Indre liegt auf den Knien und betet um ein Wunder.

Aber das Wunder ist nicht geschehen. Zwei Tage später lag er oberwärts friedlich am Strande.

Neun Monate nach dem Tode des Ansas gebar ihm die Indre einen Sohn. Er wurde nach ihrem Wunsch in der Heiligen Taufe Galas, das heißt »Abschluß«, benannt. Doch weil der Name ungebräuchlich ist, hat man ihn meistens nach dem Vater gerufen. Und heute ist er ein ansehnlicher Mann.

Der Endrik hält die väterliche Wirtschaft in gutem Stande, die Elske hat einen wohlhabenden Besitzer geheiratet, und der Willus ist richtig ein Pfarrer geworden. Seine Gemeinde sieht in ihm einen Abgesandten des Herrn, und auch die Gebetsleute halten zu ihm.

Die Indre ist nun eine alte Frau und lebt im Ausgedinge bei dem ältesten Sohn. Wenn sie zur Kirche geht, neigen sich alle vor ihr. Sie weiß, daß sie nun bald im Himmel mit Ansas vereint sein wird, denn Gott ist den Sündern gnädig. Und also gnädig sei er auch uns!

MIKS BUMBULLIS

1

Der Grigas und die Eve waren zum Johannisfeuer gegangen,
hatten sich dann beim Heimweg irgendwo im Gebüsch noch
aufgehalten, wie das junger Menschenkinder gutes Recht ist,
und als sie sich dem Försterhause näherten, verschämt und
verstohlen, da war es fast schon heller Tag.

Der Grigas bemerkte als erster, daß die Lampe im Wohn-
zimmer des Herrn noch brannte. Er winkte der Eve rasch,
sich von hinten herum ins Haus zu schleichen, und tat so,
als sei er schon bei der Arbeit. Er machte sich an dem Holz-
lager zu schaffen und warf mit großem Gepolter etliche
Erlenkloben zwecklos übereinander.

Damit begehrte er die Aufmerksamkeit des alten Hegemeisters auf sich zu lenken und der Eve den heimlichen Wie-
dereintritt zu erleichtern.

Aber der Anruf des strengen Brotherrn, den er erwartet
hatte, blieb aus.

»Wird wohl auf dem Sofa eingeschlafen sein«, dachte er und
setzte erleichtert die Pfeife in Brand.

Aber da sah er, wie vom Giebelende her die Eve mit heftigen Gebärden nach ihm zu rufen schien. Er begab sich vorsichtig in ihre Nähe und erfuhr zu seinem lebhaften Erstau-
nen, daß sie beim Nachsehen das Bettchen der kleinen
Anikke leer gefunden habe.

Anikke war das vierjährige Kind eines weitläufigen Neffen, das der Alte zu sich genommen hatte, seit der Vater verschollen und die Mutter aus Gram darüber dem Lungenhusten erlegen war. Als erster Gedanke stieg dem Grigas auf, daß nur eine der Laumen die Anikke entführt haben könne. Denn daß diese Feen sich mit dem Wegnehmen und Auswechseln von Kindern befassen, auch lange nachdem sie getauft sind, das weiß ja selbst der Dümmste.

Aber Eve, die sonst immer seiner Meinung war, wollte ihm nicht recht geben. Die brennende Lampe — und die Stille im Haus — und dazu kam noch eins, was sie vorhin beim Näherkommen bemerkt haben wollte: Das Fenster war geschlossen gewesen, aber in einer der Rauten hatten die Scherben gehangen.

So faßte er sich denn ein Herz und machte sich dicht vor der erleuchteten Stube zu schaffen.

Und beim Hineinschielen — was sah er da? Der alte Wickelbart lag auf dem Boden in seinem Blute, und in dem seitlich ausgestreckten Arme schlief das Kind.

Weinen und Wehklagen machen keinen Totgeschossenen wieder lebendig. Sie wußten auch gleich, wer's getan hatte: »Miks Bumbullis«, sagten sie fast in einem Atemzuge.

Der Miks Bumbullis war nämlich vor zwei Tagen von dem alten Hegemeister abgefaßt worden, wie er gerade ein frisch erlegtes Reh ausnahm und dazu ein »Tewe musso« betete. Denn das Vaterunser ist immer gut gegen das Abgefaßtwerden. Aber diesmal hatte es dem Miks nichts geholfen. Er hatte sogar noch seine Flinte hergeben müssen, und wenn der Alte ihn nicht gefangen mit sich führte, so geschah es nur darum, weil er genau wußte, daß sein Gefangener ihn während des Weges trotz seiner Schußwaffe überwältigen würde.

Und nun hatte er doch daran glauben müssen. Denn mit dem Miks Bumbullis war nicht zu spaßen. Wo man nachts beladen über die Grenze ging, wo dem Zamaiten das Fuhrwerk ausgespannt wurde, wo man dem Juden den Schnaps auf die Straße goß — der Miks war überall dabei. Nun gar das verdammte Wilddieben!

Und er hätte es so gut haben können! Die Wirtstöchter weit und breit waren nach ihm aus. Auch eine junge Witfrau sogar! Und was für eine! Mit einem Hof von hundertzwanzig Morgen. — Die hatte schon zweimal den Vermittler zu ihm geschickt.

Aber er? Nun, da sah man's ja.

Der Grigas und die Eve hoben das Kind aus dem starr gewordenen Arm, und als sie ihm das blutige und tränennasse Hemdchen vom Leibe zogen, da wachte es nicht einmal auf.

Nun lag es zwischen den rotbunten Kissen und lächelte wie so ein Engelchen.

Dann wollten sie an die Arbeit gehen, den Leichnam abzuwaschen und auf die Totenbahre zu legen. Da fiel dem Grigas zur rechten Zeit noch ein, daß man jeden, der eines unnatürlichen Todes gestorben ist, liegenlassen muß, wie er gefunden wurde, bis die Herren vom Gericht dagewesen sind.

Und so geschah es auch.

2

Der Miks Bumbullis war bald gefunden. Er trieb sich in den Krügen umher und erklärte in seiner Betrunkenheit jedem, der es wissen wollte, er sei von dem Hegemeister beklappt

worden. Darum müsse er jetzt auf ein paar Jahr in die Ka-
luse. Aber von dem Morde wußte er nichts.

Dem Gendarm, der ihm Handschellen anlegte, streckte er
die Zunge aus und bestand darauf, daß der Krüger sich das
Geld für die Zeche selber aus der Hosentasche hole, denn er
müsse die kostbaren Armbänder schonen, die der Staat ihm
geschenkt habe.

Ein strammer, gedrungener Kerl war er mit einem blonden
Unschuldsgesicht. Trug das Haar noch von der Soldatenzeit
her glatt an der Seite gescheitelt und sah mit großen, ausge-
blaßten Augen gelassen in die Runde.

Sein erstes Verhör verlief wesentlich anders, als der Untersuchungsrichter erwartet hatte. Der alte Hegemeister habe es
zwar schon lange auf ihn abgesehen gehabt, im Walde Mann
gegen Mann würde er auch sicherlich auf ihn abgedrückt haben, das hätte die Ehre von ihm gefordert, den Schuß
durchs Fenster aber habe ein anderer getan.

Soweit war alles in Ordnung.

Wo er sich denn in der Mordnacht aufgehalten habe.

Und nun kam die merkwürdige Wendung.

Er sei irgendwo eingestiegen, sich eine neue Flinte zu beschaffen. Wo, sage er nicht.

Was er denn mit der Flinte habe anfangen wollen, da er
doch sicher gewesen sei, alsbald verhaftet zu werden.

Er habe über die Grenze gehen wollen, und da drüben
müsse man immer was in der Hand haben.

Der Untersuchungsrichter legte ihm ans Herz, daß, wenn er
nicht angeben wolle, wo er den Einbruch verübt habe, sein
Kopf sich schon als abgetan betrachten könne. Aber auch
das half nichts.

Noch an demselben Tage wurde er zwischen zwei Gendarmen auf einen Bretterwagen gesetzt und die zwei Meilen

weit zur Mordstätte gefahren. Das Publikum in Heydekrug sammelte sich am Wege und starrte ihn an. Das schien ihm großen Spaß zu machen.

Grigas und Eve empfingen die Gerichtskommission mit der dienstfertigen Würde des guten Gewissens, die heftig in Verlegenheit umschlug, als ihnen die näheren Umstände der frühmorgendlichen Heimkunft abgefragt wurden.

Der Tatbestand war klar. Der Bruch der Fensterscheibe schien auf einen Schrotschuß hinzuweisen, obwohl nur eine Wunde — dicht über dem Herzen — sich vorfand. Genaueres festzustellen blieb der Leichenöffnung vorbehalten. Fußspuren ließen sich nicht entdecken.

Als Miks Bumbullis vor die Leiche geführt wurde, tasteten ein halbes Dutzend Augenpaare gierig nach seinem Angesicht. Der große Augenblick, der so manches Geständnis aus der Seele reißt, verging ungenutzt. Ruhevoll — ein wenig neugierig fast — blickte Miks auf den liegenden Körper nieder und sah sich dann, als suchte er irgend etwas, in der Stube um.

Die üblichen Vorhaltungen, die der Dolmetsch, ein kluger, kleiner Mann, der in der Seele des fremden Volkes zu lesen gewohnt war, noch eindrucksvoller übersetzte, verhallten ungehört.

»Ich weiß von rein gar nuscht«, blieb die einzige Antwort.

Nur als hierauf die kleine Anikke weinend hereingeführt wurde, flog ein Schein wie von plötzlicher Ermüdung über die gestrafften Züge — einen Augenblick nur — dann war er wieder der alte.

Aus dem Kinde ließ sich, wie natürlich, vor den fremden Männern nichts herausbringen. Eve trat für sie ein und berichtete, was sie im Zwiegespräch ausgeplaudert hatte.

Weil Eve nicht dagewesen sei, habe sie vor Angst nicht ein-

54

schlafen können und immerzu geweint. Da sei der Großvater gekommen, habe sie aus dem Bettchen genommen und zu sich aufs Knie gesetzt. Mit einmal habe es draußen geknallt, der Großvater sei aufgesprungen, und dann habe er sich auf die Erde gelegt und sei eingeschlafen. Und dann sei sie auch eingeschlafen.

Der Untersuchungsrichter wandte sich an Miks.

»Als Sie auf den Hegemeister anlegten und das Kind auf seinem Schoß sitzen sahen, schlug Ihnen da nicht das Gewissen, daß Sie statt seiner das unschuldige Wesen treffen könnten?«

»Ich weiß von rein gar nuscht«, war wie immer die Antwort. Aber etwas wie ein Schlucken oder Schluchzen lag darin. Und als das Kind hinausgeführt wurde, sah er ihm mit einem Blick nach wie der Hund der Wurst.

Am nächsten Tag bequemte sich Miks zu dem Geständnis, wo er in der Johannisnacht eingebrochen war. Sonderbarerweise hatte er sich den Hof jener Witfrau ausgesucht, die seit eineinhalb Jahren auf ihn Jagd machte. Er habe gehört, daß ihr verstorbener Mann im Besitz einer Flinte gewesen sei, und die habe er sich holen wollen. Es sei aber nichts zu finden gewesen.

Woher er das Haus so genau kenne, daß er den Einbruch mit Aussicht auf Erfolg habe unternehmen können?

Darauf blieb er die Antwort schuldig.

3

Nun trat — vorgeladen — Frau Alute Lampsatis in die Erscheinung. Eine hübsche Dreißigerin mit breit ausladenden Hüften und einem sorgfältig weggeschnürten Busen. In dem roten, fleischigen Gesicht saß ein Paar unruhig sinnlicher Augen, und unter dem zurückgeschlagenen Kopftuch glitzerte eine Art von Schuhschnalle hervor, obwohl das reiche rotblonde Haar keines Schmuckes bedurfte.

In gebrochenem Deutsch, doch mit großem Wortschwall versicherte sie, sie sei eine anständige Besitzerin und niemand könne ihr etwas Schlechtes nachsagen.

Darauf komme es hier gar nicht an, belehrte sie der Richter. Sie habe nur zu bezeugen, ob sie in der Johannisnacht oder nachher etwas von einem bei ihr verübten Einbruch bemerkt habe.

Aber sie blieb dabei, sie sei eine anständige Besitzerin und niemand könne ihr etwas Schlechtes nachsagen.

Der Richter wußte sich nicht anders zu helfen, als daß er den Dolmetsch holen ließ, der sie in ihrer Muttersprache so kräftig anschrie, daß ihr die Lust zu Ausflüchten verging.

Sie selbst habe zwar geschlafen, aber ihre Nichte — die Madlyne —, als die vom Johannisfeuer gekommen sei, da habe sie einen Mann aus dem Fenster der Klete steigen sehen, der in der Richtung nach dem Walde verschwunden sei.

Der Richter und der Dolmetsch lächelten sich an. Sie glaubten, den Schlüssel zu den Aussagen der ehrbaren Witwe gefunden zu haben.

Es traf sich gut, daß Frau Alute ihre Nichte gleich mitgebracht hatte. Sie wurde heraufgeholt und stellte sich als ein achtzehnjähriges Püppchen dar mit wasserhellen Augen und einem Kirschenmund. Sie war im Sonntagsstaat, trug eine grünseidene Schürze über der selbstgewebten Marginne und blütenweiße Hemdärmel, die aus dem reichgestickten Mieder hervorquollen. Ein Bauernmädchen wie aus der Operette.

Mit ihr war nicht schwer zu verhandeln, denn sie sprach ein

ausgezeichnetes Deutsch, gab kurze, klare Antworten und konnte auf der Stelle vereidigt werden.

Sie war — gleich Grigas und Eve — gegen Morgen vom Johannisfeuer gekommen —

»Allein?«

Sie senkte schämig die langwimprigen Lider.

»Ganz allein.«

— da habe sie schon von weitem den Hund bellen hören und sich darum hinter dem Zaun versteckt gehalten. Und da sei auch richtig ein Mann aus dem Fenster der »Kleinen Stube« gestiegen.

»Ich denke, der Mann kam aus der Klete?« fragte der Richter.

Die Klete — der Raum, in dem die haltbaren Vorräte aufbewahrt werden — pflegt sich in den älteren Wirtschaften unter einem gesonderten Dache zu befinden.

»Ak nei, ak nei«, versicherte Madlyne, und vor lauter Bekenntniseifer schoß ihr das Blut in das Wachspuppengesicht.

»Akkrat aus der Stubele is er gekommen, das kann ich beschwören.«

»Und wo schläft deine Tante, Madlyne?«

»Die schläft in der Stube — der Großen Stube —, das kann ich beschwören.«

Die Große und die Kleine Stube liegen stets auf derselben Seite des Hausflurs und sind durch eine Tür verbunden.

Der Richter und der Dolmetsch lächelten sich abermals an.

Madlyne wurde hinausgeschickt und statt ihrer Frau Alute wieder hereingerufen.

Nachdem der Richter ihr durch den Dolmetsch die schwerwiegenden Folgen eines etwaigen Meineides hatte ausmalen lassen, stellte er den Widerspruch klar, der zwischen der heutigen Aussage Madlynens und dem, was sie von ihr erfahren haben wollte, bestand.

Frau Alute behauptete abermals, sie sei eine anständige Besitzerin und niemand könne ihr etwas Schlechtes nachsagen. Dabei blieb sie jetzt auch der Beredsamkeit des Dolmetsch gegenüber, der ihr sämtliche Höllenstrafen der Reihe nach vorführte.

Der Richter glaubte, weil er Madlynens Umfall fürchtete, auf eine Gegenüberstellung der beiden Verwandten verzichten zu sollen, und beschränkte sich darauf, das Motiv des angeblichen Einbruchs der Klärung näher zu bringen.

Ob sie eine Flinte im Hause habe.

Sie verneinte heftig.

Oder gehabt habe.

Auch das nicht. Zu Lebzeiten ihres Mannes sei wohl ein Schießgewehr dagewesen, womit der Selige die Karekles — die jungen Krähen — von den Fichten heruntergeholt habe, aber als er dann krank geworden sei, habe er es eines Tages an den Juden verkauft.

»An welchen Juden?«

Das konnte sie natürlich nicht wissen. »Der Jude ist der Jude, und einer sieht aus wie der andere.«

Der Richter, der bisher den Kern der Angelegenheit sorgsam umgangen hatte, hielt den Augenblick für gekommen, den Namen des Beschuldigten ins Treffen zu führen.

Ob sie den Miks Bumbullis kenne.

Sie zeigte sich nicht im mindesten bestürzt oder auch nur befangen.

Wie sollte sie den Miks Bumbullis nicht kennen. Er war ja mit ihrem seligen Mann immer zusammen über die Grenze gegangen.

Der Dolmetsch sah den Richter verstehend an. Schmuggeln

taten sie in den Grenzdörfern alle, und bewaffnet waren sie gelegentlich auch. Der Miks konnte sich also wohl der Flinte erinnert haben, die sein ehemaliger Kumpan mit sich geführt hatte. Wenn er von ihrem Verkauf nichts wußte, durfte er mit etlichem Recht annehmen, daß sie noch unbenutzt herumstand.

Ob der Miks Bumbullis bereits in ihrem Hause gewesen sei.

Aber ja doch. Er habe manches schöne Mal den seligen Mann des Abends abgeholt.

»Wozu abgeholt?«

»Nun, über die Grenze zu gehen.«

Ob sie noch wisse, wo der selige Mann damals die Flinte aufbewahrt habe.

Sie stutzte und besann sich, als wittere sie den heimlichen Zusammenhang der scheinbar ziellos durcheinanderschwirrenden Fragen.

Und dann fing sie an zu wehklagen und zog sich auf die Plattform der anständigen Besitzerin zurück, der man nichts Schlechtes nachsagen könne.

Von diesem Augenblick an war nichts mehr aus ihr herauszuholen. Auf ihre Vereidigung wurde verzichtet.

4

Die Verhandlung vor dem Schwurgericht kam heran. Eine große Zeugenschar war aufgeboten. Das Bild des erschossenen Hegemeisters entwickelte sich als das eines rücksichtslos strengen Verfolgers, dem schon viele Rache geschworen hatten und dem es nie in den Sinn gekommen war, selbst harmlose Gelegenheitswilderer zu verschonen. So war zum

Beispiel, wie sich zufällig herausstellte, auch der selige Mann der Frau Lampsatis durch ihn ins Gefängnis geraten. Der hatte also, wie es schien, seine Flinte nicht bloß zum Krähenschießen benutzt.

Jedenfalls ließ die Wahrscheinlichkeit sich nicht übersehen, daß, wenn Miks ein leidliches Alibi beibringen konnte, statt seiner ein anderer als Täter in Frage kam.

Er saß in seinem Sonntagsstaat schweigsam und häufig teilnahmslos auf der Armsünderbank. Weniger in seinen rosig gebliebenen Zügen als in den blaß hinstarrenden Augen malte sich die geistige Übermüdung, die diese des scharfen Denkens ungewohnten Naturkinder oft überfällt, wenn sie ihr Schicksal dem Spiel und Widerspiel der Zeugenschaften anheimgegeben sehen.

Frau Alute, unter deren Kopftuch sich heute keine Schuhschnalle hervorschob, war wieder ganz gekränkte Unschuld, und Madlynens wippende Appetitlichkeit erregte ein wohlgefälliges Schmunzeln selbst bei den Greisen der Geschworenenbank.

Zwischen den Aussagen der beiden Frauensleute ließ sich auch heute keine Einigung erzielen. Alute erinnerte sich aufs bestimmteste, daß ihre Nichte ihr am Morgen nach dem Einbruch erzählt hatte, der Mann, den sie gesehen habe, sei aus der Klete gekommen, und Madlyne behauptete, daß sie so etwas nie gesagt haben könne, denn es wäre ja nicht die Wahrheit gewesen.

Miks Bumbullis beschrieb nun selber den Weg, den er genommen haben wollte. Er habe die unverschlossene Haustür geöffnet, habe sich in die Große Stube hineingetastet —

In der *Großen* Stube schlief Frau Alute! Sie hätte bei seinem Kommen erwachen müssen!

Sie sei eben nicht erwacht. Dann habe er sich in die Kleine Stube geschlichen, habe Wände und Winkel abgetastet und sei schließlich, als das Gewehr nirgends zu finden gewesen sei, zum Fenster hinausgeklettert.

Warum er nicht den bequemen Rückweg durch Große Stube und Hausflur gewählt habe.

Frau Alute habe sich in ihrem Bette gerührt.

Das klang einigermaßen glaubhaft und stimmte mit Madlynens Aussage überein. Aber der Widerspruch zwischen dem, was sie ihrer Tante erzählt haben sollte, und ihrer beschworenen Aussage klaffte noch immer. Und dann war auch noch der Vermittler da, der bezeugt hatte, daß er in Frau Alutes Auftrag zweimal bei Miks gewesen war, ihm ihre Hand anzubieten.

Wie dem auch sein mochte, Frau Alute mußte vereidigt werden. Sie wurde noch einmal ausdrücklich ermahnt und streckte bereits die Schwurfinger in die Höhe, da geschah das Unerwartete, daß Miks in die Eidesworte hineinzusprechen anfing.

Der Präsident herrschte ihn an, aber er sprach weiter.

Schwerfällig, tropfenweise fielen die litauischen Worte aus seinem Munde.

Frau Alute horchte auf und — brach dann weinend zusammen.

Was er ihr gesagt hatte, wurde verdolmetscht und lautete: »Ich habe dir zwar bei Gott und bei deinem Mann geschworen, auch vor Gericht nichts davon zu sagen, aber es ist doch besser, daß du deine Seele nicht mit einem Meineide beschwerst und mich aufs Schafott bringen läßt. Darum sage doch lieber die Wahrheit.«

Unter Schreien und Händeringen kam, was geschehen war, nunmehr ans Tageslicht.

Alute Lampsatis lag abends halb eingeschlafen in ihrem Bette. Da wurde sie plötzlich durch Männerschritte aufgeschreckt, die im Hausflur näher kamen. Sie wußte, daß Schreien nichts helfen würde, denn Madlyne und die Magd und der Knecht waren zum Johannisfeuer gegangen. Da fing sie zu beten an und erwartete ihr Ende. Aber dann hörte sie plötzlich ihren Namen nennen und erkannte Miksens Stimme. »Geh weg«, sagte sie, »wenn ich auch nach dir geschickt habe, ich bin eine anständige Besitzerin, und niemand soll mir was Schlechtes nachsagen können.« — »Ich will gar nicht bei dir schlafen«, antwortete er, »ich will bloß, daß du mir das Gewehr gibst, das deinem Mann gehört hat, denn der Hegemeister hat mir meines weggenommen.« — »Das Gewehr ist nicht mehr da«, sagte sie, »und wenn es da wäre, würde ich es dir nicht geben, denn du willst damit bloß den Hegemeister umbringen.« Das bestritt er, aber sie glaubte ihm nicht. Und als er sich daraufhin wieder entfernen wollte, sprang sie in ihrer Angst aus dem Bette und verlegte ihm den Weg. Da fühlte er, daß sie im Hemd war, und blieb bei ihr bis an den Morgen.

Die große Spannung löste sich. Die Unschuld Miksens schien erwiesen. Und auch die Frage, warum er, da er doch mit Wissen der Wirtsfrau da war, statt einfach durch die Haustür zu gehen, durch das Kleinestubenfenster geklettert war, wurde nach einigem Zaudern und Drumherumreden hinreichend aufgeklärt. Man war des Glaubens gewesen, Madlyne sei inzwischen heimgekommen, und da ihre Kammer auf der anderen Seite des Hauses lag, hätten die Männerschritte im Hausflur ihr nicht entgehen können.

»Das hättet ihr gleich sagen können«, meinte der Vorsitzende. Und da auf weitere Zeugenvernehmungen verzichtet wurde, begann der Staatsanwalt gleich seine Rede.

Alles übrige rollte ohne Kampf und Zwischenfälle wie von selber dem Richterspruche zu. Der Losmann Miks Bumbullis wurde von der Anklage des Mordes freigesprochen und wegen Wilderns zu zwei Jahren Gefängnis verurteilt.

Miks Bumbullis verzog keine Miene. Auch als Frau Alute, die sich inzwischen von ihren Schreikrämpfen erholt hatte, glückwünschend auf ihn zutrat, ging kein Lächeln über sein Gesicht. Sein Blick hing wie erstarrt an einem Platze der Zeugenbank, wo neben Eve, der Magd, schmutzig und abgerissen die kleine Anikke saß, an den grünen Äpfeln nagend, die eine der Dorffrauen ihr geschenkt hatte. Sie war der Vollständigkeit halber mit vorgeladen worden, und Eve hatte für sie ausgesagt.

Als Miks abgeführt werden sollte — an Haftentlassung war natürlich nicht zu denken —, wandte er sich noch einmal nach dem Kinde um, als wollte er irgend etwas zu ihm hinübersagen. Aber der Gerichtsdiener stieß ihn hinaus.

5

Der Grabhügel des alten Hegemeisters begann zu verfallen, denn niemand war da, der sein Andenken hochhielt. Um das Schicksal der kleinen Anikke entspann sich ein Prozeß zwischen dem Forstfiskus und der Gemeinde, der ihr verschollener Vater angehört hatte. Beide wollten die Erziehungspflicht einander in die Schuhe schieben. Und da der Fiskus an allzuviel Gemüt nicht krankt und die Weitläufigkeit der Verwandtschaft zwischen dem Toten und dessen verwaistem Pflegling ihm als ausreichender Grund zustatten kam, so blieb die kleine Anikke als unwillkommener Gast an jener Gemeinde hängen, die ihrerseits froh war, sie für ein kleines

Entgelt an den Ort abschieben zu können, an dem sie die letzte Zeit über gehaust hatte.

So wurde sie eines Tages beim Ortsschulzen öffentlich versteigert und kam an den Mindestfordernden, den Häusler Kibelka, einen wenig vertrauenerweckenden Zeitgenossen, der die paar Groschen brauchte, um sie in Branntwein anzulegen.

Wie so ein armes kleines Tierchen, von dem Gott und Menschheit die sorgenden Augen abgewandt haben, in seinem stummen Jammer leidet, das hat noch niemand erkannt und beschrieben, und niemand wird es je erkennen und beschreiben können. Was Hunger und Schmutz, was Prügel und Kälte, was vor allem das Fehlen jedes streichelnden Wortes in der noch nicht erschlossenen Seele ersticken und zerfressen, bis aus dem in unbewußter Zuversicht aufjauchzenden jungen Leben ein scheu zitterndes, in sich verkrochenes, kaum noch des Atmens fähiges Halbdasein geworden ist, das verliert sich in Dunkel und Schweigen. Alljährlich wird ein unermeßlicher Haufe von solchem Menschenkehricht ins Grab geschaufelt, wo es zu seinem Besten hingehört.

Und nur wie durch ein Wunder senkt sich bisweilen von der Sonne eine Hand hernieder und hebt eins oder das andere der schon fast abgestorbenen Kümmerlinge zum Licht empor.

Ja, wenn die Sonne nicht wäre! Und der Hofhund allenfalls!

Neben dem Hofhund zu liegen und sich wie er von einem gutgesinnten Mittagssonnenschein sanft anwärmen zu lassen, bleibt schließlich das einzige Glück so eines glücklosen Schattengeschöpfes. — — —

Und plötzlich spitzte der Hofhund die Ohren, sprang anschlagend auf und fegte mit schleppender Kette den Kreis des ihm zugewiesenen Reiches.

Anikke, die allein zu Hause war, sah einen Menschen durch das Hoftor kommen, der sich vorsichtig umsah und dann auf die Hundehütte zuschritt, an der sie sich schutzsuchend festhielt.

Dicht vor den Zähnen des Hundes machte er halt und sagte: »Ist der Wirt zu Hause?«

Anikke wußte wohl, daß alle draußen Kartoffeln gruben, aber um nichts in der Welt hätte sie antworten können.

»Wie heißt du?« fragte er weiter.

In ihrer Angst hatte sie den eigenen Namen vergessen.

Der Hund belferte dazwischen, und erst als der fremde Mensch ihm mit seinem Stock eins überriß, zog er sich heulend gegen die Hütte zurück.

Dann kam der Fremde näher an sie heran, immer den Stock vorhaltend, in den der Hund sich verbiß. Sie wußte nun, daß sie geraubt werden sollte, und fing furchtbar zu weinen an.

Und dann fühlte sie sich am Arm erfaßt und mit jähem Ruck fortgezogen, während der Hund, von einem neuen Schlage getroffen, sich um und um kugelte.

»Wein nicht, wein nicht, ich tu' dir nichts«, hörte sie seine Stimme. Denn vor lauter Tränen sah sie nichts mehr. Aber in dieser Stimme klang irgend etwas, dessen sie nicht gewohnt war. Sie hörte zu weinen auf.

»Bist du die Anikke?«

»Ja-a.«

»Willst du ein Lakritzenholz haben?«

Lakritzenholz wollte sie gern, denn das aßen die großen Kinder manchmal, wenn die Schule aus war, aber sie bekam natürlich nichts davon ab.

Und dann gab der fremde Mensch ihr aus einer Tüte eine schöne gelbe Stange, in die sie auch gleich hineinbiß, denn sie hatte jetzt kaum noch Angst vor ihm.

Und nun wagte sie ihn sogar anzusehen. Böse sah er nicht aus. Viel guter als der Wirt. Und er roch auch nicht nach Schnaps. Sandfarbiges Haar hatte er und einen ebensolchen Schnurrbart.

Und sie wußte jetzt auch, wo sie ihn schon gesehen hatte. Ein großer Saal war es gewesen wie in der Kirche. Aber statt eines Pfarrers im Talar hatte gleich ein ganzer Tisch voll dagesessen.

»Wie alt bist du, Anikke?«

»Ich werd' sieben.«

»Gehst du schon in die Schule?«

»Nein.«

»Warum nicht?«

»Ich hab' nichts anzuziehen, sagt die Frau.«

Nun blickte er an ihr nieder und betrachtete lange das Lumpengezottel, in das sie notdürftig gehüllt war. Dann fragte er, wo er den Wirt wohl finden könne. Sie zeigte ihm die Richtung des Feldes und geleitete ihn auch ein Stück, denn sie mochte nun gar nicht mehr von ihm gehen.

Als er die Arbeitenden gewahrte, schenkte er ihr die ganze Tüte, die er solange in der Hand gehalten hatte, und sagte: »Versteck's, daß die anderen es dir nicht wegessen.«

Damit schickte er sie zurück und schritt in der Kartoffelfurche weiter, bis er auf den Wirt stieß, der mit Weib und drei Kindern kniend nach Kartoffeln wühlte. Und jedes von ihnen schimpfte und stöhnte auf seine Art.

Kibelka erkannte ihn gleich, und den Schmutz von den Hosen abschüttelnd, stand er auf, ihm die Hand zu bieten. Denn wenn er auch nicht der Mörder war, so hätte er doch immer der Mörder sein können. Sich mit ihm gut zu stellen war geraten.

»Du hast es natürlich immer sehr leicht gehabt«, sagte er, »denn wen der Staat ernährt, der ist geborgen.« Dabei lachte er höhnisch und einschmeichelnd zugleich, und das schwarzstoppelige Maul ging ihm bis an die Ohren.

»Ihr habt es hier um so schwerer«, sagte Miks Bumbullis, die Fläche überblickend, die in ihrem dürren Kraut unausgegraben dalag.

Auch das Weib war aufgestanden und wischte sich die Hand an dem sacktuchenen Schurzfell. Sie war eine vermickerte, gelbe Ziege mit scharfen, mitleidlosen Augen. Und die drei Rotznasen gafften.

Die beiden Kibelkas hoben ein Klagelied an. Der nasse September — und schon alles im Faulen — und fremde Hilfe zu teuer.

»Wenn ihr billige Hilfe braucht«, sagte Miks, »ich wüßte wohl eine.«

»Wer wird so dumm sein!« lachte der Wirt. »Selbst der Henker läßt sich bezahlen.«

»Ich hab' mir einiges gespart«, sagte Miks, »und wenn man mir sonst freie Hand läßt, bring' ich noch ab und zu was in die Wirtschaft.«

Die beiden sahen sich an. Dann schlugen sie rasch und gierig ein und fragten nicht weiter. — So wurde Miks Bumbullis Knecht bei dem Pfleger Anikkes.

Anfangs schien er sich nicht viel um sie zu kümmern, und es vergingen drei Tage, ehe er sich erkundigte, was das für ein kleines Ungeziefer sei, das da immer im Hause herumkrieche.

Die beiden Kibelkas wollten nicht recht mit der Sprache heraus, denn der Mordverdacht saß ihnen stets in den Gliedern.

Aber schließlich erzählten sie doch, wie sie zu dem Kinde gekommen waren und daß sie es eigentlich bloß um Gottes Barmherzigkeit willen bei sich behielten.

Er nahm die Nachricht sehr gleichmütig auf und sagte nur: »Der Vater soll in Amerika sein. Wenn der einmal reich zurückkommt, wird er jeden belohnen, der gut zu dem Kinde gewesen ist.«

Das gab den Kibelkas zu denken. Am nächsten Mittag durfte das kleine, bleiche Lumpenbündelchen, das sonst von dem Ofenwinkel her stumm wartend herübersah, mit den Kindern zu Tische sitzen.

Als der Sonnabendabend kam, verschwand Miks Bumbullis und kam am Sonntagvormittag mit einer Flinte wieder, die sehr verrostet und in den Spalten mit Erde verklebt war.

Die Kibelkas fragten nicht, wo er sie hergeholt hatte, und alle standen ringsum und sahen voll Hochachtung zu, wie er mit dem Schraubenschlüssel die Teile auseinandernahm und jeden einzelnen putzte und ölte, bis die Waffe blitzblank und schußbereit wiedererstand.

Und wiederum am Sonntag gab es bei den Kibelkas ein Rehstück zu Mittag, was nicht passiert war, solange die Welt stand. Alle schwelgten, und selbst der Hofhund bekam seinen Knochen.

Die kleine Anikke saß in einem neuen, rotbunten Kleidchen da, das der Miks ihr mitgebracht hatte, wurde von den Hauskindern mit neidischen Liebkosungen versehen und wußte nicht, wie ihr geschah.

»Ich verstehe ja deine Meinung«, sagte der Wirt, »aber wenn der Vater *nicht* aus Amerika kommt, dann hast du dich sehr verrechnet.«

»Dann tu' ich's wie ihr um Gottes Lohn«, erwiderte Miks, »man muß sich immer ein Beispiel nehmen.«

Kibelka lachte geschmeichelt und prostete seinem Knecht zu, denn die Schnapsbuddel saß ihm allzeit locker.

»Nun solltet ihr sie aber auch zur Schule schicken«, meinte Miks Bumbullis so nebenbei.

Die Frau hub wie gewöhnlich zu klagen an. Der Gendarm sei schon zweimal dagewesen, und sie schlafe nicht mehr bei dem Gedanken, man könne schließlich noch Strafe zahlen.

Die Angst wurde nun überflüssig. Und als Anikke am Montagmorgen die Kinder zur Schule begleiten sollte, fand sich an ihrer Lagerstatt sogar eine Schiefertafel.

6

Der Winter kam. Miks Bumbullis war nun höchst angesehen im Hause. Er pflegte das Pferd blank, er fütterte die Kühe rund, und wenn die Dreschflegel gingen: »Ubags, ubags, ubags« — sein Schlag war immer herauszuhören.

Lohn forderte er nicht, und er hätte auch keinen bekommen, denn der Wirt vertrank jeden Groschen. Dafür sah keiner hin, wenn Miks sich ab und zu in der Morgen- oder der Abenddämmerung hinter der Scheune zu schaffen machte und vorläufig nicht mehr wiederkam.

Den drei Rangen hatte er neue Anzüge geschenkt, so daß sie nun ebenso fein aussahen wie Anikke, und sogar einen Lausekamm brachte er mit, dem einer nach dem anderen standhalten mußte. Kibelka meinte zwar, es sei sündhaft, es den Herrenkindern gleichtun zu wollen, aber schließlich lieh auch er sich den Kamm aus.

Die kleine Anikke ging umher wie im Traum. Die warme Schule — und das reichliche Essen — und fast gar keine

Schläge mehr! Wohl bekam sie hie und da noch einen Stirnickel, aber der tat kaum einmal weh, denn sie fühlte in seliger Geborgenheit, daß einer da war, der sie vor Schlimmerem beschützte.

Hinter dem Miks lief sie her wie ein Hündchen, aber ihm ganz nahe zu kommen wagte sie nicht, denn er ermunterte sie nie.

Bei den Mahlzeiten hing ihr Blick immer an seinem Gesicht, und als sie die Geschichte vom lieben Herrn Jesus lernte, wußte sie sogleich, daß er ebenso ausgesehen hatte wie er.

Eines Abends, als der Kienspan brannte, war er besonders vergnügt und sagte zum Ältesten, dem Jons: »Willst du reiten?« Der wollte natürlich gern, und er nahm ihn auf sein Knie und sang dazu: »Apappa, upappa.« Dann kam die Katrike an die Reihe und dann der Jendrys. Und sie stand im Winkelchen und dachte, die Tränen verbeißend: »Ich bin ja nur das Ziehkind, und darum will er mich nicht.«

Aber da sagte er auch schon: »Die Anikke muß auch.«

Da kam sie ganz langsam auf ihn zu, denn sie traute sich nicht. Dann, als er sie hochhob, war es ihr, als flöge sie geradewegs in die Wolken. So gründlich durfte sie nun reiten, daß ihr ganz schwindlig wurde, bis der Jons, abgünstig geworden, einmal über das andere schrie: »Ich will auch so lange!«

Diese Augenblicke waren das Schönste, was sie je erlebt hatte, denn daß schon einmal einer dagewesen war, der sie auf dem Schoß gehalten hatte, das war ihr inzwischen aus dem Sinne verschwunden. Nur eines langen weißen Bartes erinnerte sie sich noch, aber sie glaubte, das sei der Weihnachtsmann gewesen, von dem der Lehrer erzählte.

Es war nun inzwischen sehr kalt geworden, und wenn man gegen den Schneesturm laufend bis zu der weitabgelegenen

Schule mußte, kostete das manche Träne. Aber der gute Miks hatte Fausthandschuhe gekauft und eine wollengefütterte Mütze mit Ohrenklappen, die unter dem Kinn festzubinden sind.

Die drei Hauskinder bekamen die gleichen, so daß ein Neid nicht entstehen konnte.

Nur die scharfblickende Frau ließ sich kein X für ein U machen und sagte mit süßsaurem Lächeln: »Meine Kinder haben es ja sehr gut bei dir, aber der liebe Gott wird schon wissen, was du damit verhehlen willst.«

Miks sagte darauf: »Wenn einer Kinder liebhat, was braucht er da zu verhehlen?« und wandte sich ab.

Anikke schlief nicht mit den dreien zusammen in der Kleinen Stube, die gut geheizt wurde, sondern auf der anderen Seite des Hausflurs, wo es jetzt fürchterlich kalt war. Das hatte sich aus den Zeiten ihrer Zurücksetzung so erhalten, und sie wünschte es sich gar nicht anders, denn in der Kammer nebenbei schlief der Miks.

Aber nun der Winterfrost gekommen war, konnte sie gar nicht recht einschlafen und lag in ihren Kleidern unter der harten Pferdedecke frostbebend und halbwach zuweilen bis gegen Morgen.

Eines Nachts, wie sie so dalag, hörte sie von der Knechtskammer her ein leises Knirschen und Stöhnen. Es war, als wenn einer furchtbare Schmerzen hat und nicht weiß, wie er sich wenden soll.

Da faßte sie sich ein Herz. Sie schob mitten in ihrem Frieren die Decke vom Leibe, ging in die Kammer und sagte zitternd vor Furcht noch mehr als vor Kälte: »Miks, tut dir was weh?«

Aus der Finsternis kam etwas wie ein Freudenschrei. Und dann griffen zwei Arme nach ihr. In denen lag sie nun still

und glücklich und wärmte sich auf und schlief auch bald
ein.

Von nun an kroch sie jede Nacht zu ihm und war da wie in
Abrahams Schoß.

Des Morgens weckte er sie zeitig, so daß niemand etwas davon merken konnte. Auch beachtete er sie bei Tage nicht
häufiger als früher. Aber nun grämte sie sich nicht mehr darüber, denn sie wußte ja zu allen Zeiten, wie gut er's mit ihr
meinte.

Und niemals mehr hatte sie ihn stöhnen hören. Manchmal
schlief er sogar noch früher ein als sie selber.

7

Es war eines Abends um die Weihnachtszeit, da wurde Miks
Bumbullis auf einem seiner Wege zum Walde von einer
Frauensperson angerufen, die bis zur Nase eingemummelt
auf dem Grabenrande im Schnee saß.

Er schrak hoch auf. Er hatte die Stimme gleich erkannt.

»Es ist gut, daß du da bist, Alute Lampsatis«, sagte er. »Ich
habe schon immer einmal zu dir kommen wollen.«

»Du hast dir drei Monate Zeit gelassen«, erwiderte sie, »und
hätte ich dir nicht aufgelauert, so wären auch noch drei weitere verstrichen.«

»Das ist wohl möglich«, meinte er. »Was man nicht gern tut,
verschiebt man immer wieder.«

»Sagst du mir das ins Gesicht?« knirschte sie, und ihre
Augen blitzten ihn an.

»Ich sage, was wahr ist«, erwiderte er.

»Dann will ich dir auch sagen, was wahr ist!« schrie sie.
»Daß *du* den Hegemeister erschossen hast — daß deine

Flinte da, mit der du's getan hast, *meine* Flinte ist — und daß ich meine Seele dem ewigen Verderben verkauft habe — und Madlynens Seele dazu, die meine Schwestertochter ist und die mir zuliebe schwur, was ich wollte. Das ist die Wahrheit.«

»Und dann ist die Wahrheit«, fuhr er fort, »daß du mir die Flinte in die Hand gegeben hast und zu mir gesagt hast: ›Mein Seliger hat es schon tun wollen, da hat ihn die Krankheit gehindert. Nun tu du es, sonst hast du keine Ehre im Leibe.‹ Das ist die Wahrheit.«

»Und ferner ist die Wahrheit«, nahm sie ihm die Rede aus dem Munde, »daß ich einen Tag und eine Nacht lang nachgesonnen habe, wie ich dich am besten vor der Leibesstrafe bewahren konnte, denn wenn ich einfach ausgesagt hätte: ›Er ist zu der Zeit bei mir gewesen‹, dann hätte mir keiner geglaubt. Darum hab' ich der Madlyne eingegeben, sie habe dich aus dem Stubenfenster steigen sehen, während ich alles bestritt. Darum habe ich dir zehnmal vorgesprochen — alles — auch was du zu sagen hast, wenn ich die Schwurfinger erhebe. Denn du bist ja so dumm wie ein Deutscher.«

»Und du bist so klug wie der Teufel«, erwiderte er.

»Es ist gut«, sagte sie, in die Runde schauend, »daß uns hier niemand hören kann außer den Krähen, sonst wäre es um uns alle drei geschehen. Aber man weiß nie, was noch werden kann, wenn sich einer im Zorn vergißt. Darum frage ich dich zum ersten und zum letzten Male: Willst du dein Versprechen halten?«

»Ich weiß von keinem Versprechen«, stöhnte er.

»Natürlich weißt du von keinem Versprechen, aber *ich* weiß, daß seit zwei Jahren die Menschen mit Fingern nach mir zeigen und daß sich kein Freiwerber mehr bei mir sehen läßt — nicht für mich und auch nicht für die Madlyne, und seit Michaeli treffe ich keinen, der nicht speilzahnig fragt: ›Weißt du, wer in Wiszellen bei den Kibelkas den Knecht spielt?‹ Darum frage ich dich zum überletzten Male: Wann wirst du einen schicken, der die Heirat zwischen uns in Ordnung bringt?«

Er wand sich wie ein Aal unter dem Messer.

»Laß mir Zeit bis nach Fastnacht«, bat er.

»Jawohl«, höhnte sie, »erst bis nach Fastnacht — und dann bis zum Palmsonntag — und dann immer so weiter. — Aber es soll gut sein. Bis nach Fastnacht werd' ich warten. Schickst du dann keinen, dann weiß ich, woran ich mit dir bin.«

Und es klang noch fast wie ein Schöndank, was er da stammelte.

Schon im Gehen, kehrte sie sich noch einmal um und sagte: »Die Leute erzählen sich, daß du das Kind, das bei den Kibelkas in Pflege ist, hältst wie eine Prinzessin. Laß das lieber sein. Deine Seele kaufst du doch nicht los, und der Gendarm wird aufmerksam, wenn er es hört.«

Damit schritt sie von dannen.

Miks Bumbullis war von dem allem zumute, als hätte er mit der Axt eins vor den Kopf bekommen. Er stand erst eine Weile ganz still, dann taumelte er in den Wald hinein. Aber er schoß nichts, und er sah auch nichts. Er dachte bloß immer das eine: »Ich bin bis heute sehr glücklich gewesen und habe es nicht gewußt.«

Dann packte ihn ein heißes Verlangen, das Kind in der Nähe zu haben. Er sicherte die Flinte und wußte nicht, wie rasch er nach Hause kommen konnte.

Und als er auf seiner kalten Schlafstatt lag und die leisen, kleinen Schritte näher tappten und das weiche Gesichtchen sich in seinen Arm hineinschob, da war er wieder wie im

74

Himmel. Er fing so bitterlich zu weinen an, wie ein Mann sonst nur in der Kirche tut.

Da weinte auch das Kind und wußte doch gar nicht, warum. Er tröstete sie, und sie streichelte ihn. Und ihm war beinahe, als hätte er es nicht getan.

8

Fastnacht kam heran. Aber er konnte sich zu keinem Handeln entschließen. Den Freiwerber zu schicken, wie es Sitte war, schämte er sich, denn jedermann wußte, wie die Dinge standen. Er mußte also den Gang schon selber machen. Wenn ein Sonntag da war, sagte er zu sich: »Also nächsten Sonntag.« Und dabei blieb es.

Er ging auch nicht einmal in die Kirche, denn dort hätte er ihr ja begegnen können.

So war also richtig der Stillfreitag herangekommen. Er saß am Vormittag in seiner Kammer und schnitzelte für Anikke an einem Springbock. Da kam der Älteste, der Jons, eilfertig zu ihm herein und sagte: »Es ist eine draußen, die will dich sprechen — eine Feine.«

Ihm ahnte gleich nichts Gutes, aber er legte die Arbeit hin und ging.

Da stand vor dem Hofzaun mit einem schneeweißen Kopftuch und einer seidenen Schürze die Madlyne. Auch weiße dünne Strümpfe hatte sie an, obgleich es noch ziemlich rauh war, und alles an ihr sah rund aus und quoll und wippte.

Sie lächelte ihn auch ganz freundlich an und fragte, ob er wohl einen kleinen Spaziergang mit ihr machen wolle.

»Ich will nicht, aber ich muß wohl«, sagte er.

Und dann gingen sie zusammen zum Walde, dorthin, wo er

vor einem Vierteljahr die Alute getroffen hatte, und keiner sprach ein Wort.

»Du wunderst dich wohl, warum ich noch nicht verheiratet bin«, begann sie endlich. »Ich kann soviel Männer haben, wie ich will, aber ich will nicht.«

»Deine Mutterschwester sagt, es kommt keiner«, erwiderte er, »und ich soll daran schuld sein.«

»Schuld magst du schon sein«, erwiderte sie und lächelte, »aber anders als sie denkt. Wenn du Wirt bei uns bist, wirst du mich schon mit durchfüttern müssen.«

»Ich will gar nicht Wirt bei euch sein«, sagte er.

»Nach menschlichem Willen geht es meistens nicht«, erwiderte sie. »Und wenn du einen guten Rat annimmst, dann warte nicht mehr lange. Meiner Mutter Schwester macht falsche Redensarten. Es könnte sein, daß es eines Tages zu spät ist.«

»Wenn sie mich angibt, gibt sie zugleich auch sich selber an«, warf er ein.

»Und mich genau ebenso«, erwiderte sie, immer in der gleichen lächelnden Weise. »Aber seit Fastnacht sitzt der Böse in ihr, und sie spricht allerhand von dem Kinde, das auf dem Schoß des Hegemeisters gesessen hat, als das Unglück geschah, und das jetzt immer auf deinem Schoße sitzt. Und wie das wohl zu erklären ist, fragt sie dazu. Und keiner weiß. Aber ein bedenkliches Gesicht macht ein jeder.«

Er sah plötzlich in Tageshelle den Weg, den dieses rachsüchtige Geschwätz gehen würde. Und sah auch das Ende. Alute Lampsatis, die sonst so klug war, grub in ihrem sinnlosen Zorne ihm und sich selber die Grube.

»Ich werde ja noch am leichtesten wegkommen«, sagte Madlyne mit ihrem lieblichen und verschämten Lächeln, als ob sie von Blumen oder Singvögeln spräche statt von Zuchthaus oder noch Schlimmerem gar. »Denn ich war ja noch sehr jung und bin auch dazu angestiftet worden. Aber du, Miks Bumbullis, tust mir leid. Darum bin ich der Meinung, du läßt keinen Tag mehr verstreichen und kommst heute nachmittag zu uns auf den Hof. Dann wird sie schon Ruhe geben.«

»Wirt bei euch«, sagte er, »kann ich nur sein unter einer Bedingung: daß Alute gut zu dem Kinde ist.«

»Das willst du mitbringen?« fragte sie, und in ihrem Erschrecken verschwand zum ersten Male das Lächeln von ihrem Angesicht.

»Das will ich mitbringen«, erwiderte er beinahe feierlich, »sonst komm' ich nie und nimmermehr.«

Sie lehnte sich gegen einen Baumstamm und sah stumm in die Höhe. Und ihre wasserhellen Augen waren jetzt so blau wie der Osterhimmel. Dann sagte sie: »Zur Zeit ist sie freilich dem Kinde noch bös gesinnt, denn sie meint, daß du es lieber hast als sie. Aber wenn du ihr den Willen tust und die Scham von ihr nimmst, wird sie sich wohl mit ihm versöhnen. Außerdem bin ich ja auch noch da, und ich hab' Kinder sehr lieb.«

»Du wirst einen Mann nehmen und weggehen«, entgegnete er finster.

»Wann hast du schon das Farnkraut blühen gesehen, daß du so allwissend tust?« fragte sie und sah ihn neckend von unten auf an.

In diesem Augenblick erschien ihm sein Schicksal und das des Kindes nicht gar so drohend mehr, und er sagte: »Ich werd' also kommen.«

9

So geschah's, daß am Himmelfahrtstage Miks Bumbullis und Alute Lampsatis im Brautwinkel saßen und die Hochzeitsgäste in hellen Haufen um sie her. Auf dem Tische standen leckere Speisen in Menge, und über ihm hing von der Decke herab die künstlich geflochtene Krone, in der silberglänzende Vögel sich wiegten.

Die Ehrengäste waren mit Handtüchern und Spruchbändern reichlich beschenkt worden, und das biergefüllte Glas, in das die Gastgabe geworfen wird — denn niemand soll wissen, wieviel ein jeder gegeben —, dieser unwillkommene Mahner, machte so flüchtig die Runde, daß die meisten ihren guten Taler nicht loswerden konnten.

Das schuf natürlich eine wohlbehäbige Stimmung, die, was einst geschehen war, mit dem Mantel der Nächstenliebe bedeckte.

Die Kibelkas waren auch geladen, und der Ehemann lag schon längst in seligem Schlaf hinter der Scheune. Aber die kleine Anikke hatten sie nicht mitbringen dürfen. Das hatte Alute so bestimmt. Und sie erwies sich damit wieder einmal als die klügste von allen. Denn wenn die ortsarme Waise sich gleich wie ein Kind des Hauses unter den Gästen herumbewegt hätte, so wären Befremden und Verdacht alsbald am Werke gewesen, den verständnislosen Klatsch noch mehr ins Böse zu wenden.

Als nun aber die Brautsuppe kam, deren Branntwein Alute mit Kirschsaft und Honig üppig gesüßt hatte, und hierauf die Neckereien selbst unter den Frauen immer kühner aufflakkerten, da wurde auch lächelnd des armen Kindes gedacht, das gestern noch ein Stein des Anstoßes gewesen war.

»Sonst bringt wohl eine Witfrau immer was Lebendiges mit

in die Ehe«, sagte eine der Nachbarinnen. »Hier tut es der Bräutigam, obwohl er noch Junggesell' ist.«

Und eine andere sagte: »Ihr braucht euch gar nicht erst selbst zu bemühen. Euch fliegen die Kinder nur so vom Himmel.«

Und eine dritte: »Kauft's den Kibelkas ab. Für eine Buddel Schnaps gibt er euch auch die drei eigenen dazu.«

Alute, die heute das rotblonde Haar würdig unter dem Frauentuch versteckt hielt und auf deren Wiste eine goldene Brosche strahlte, so groß wie auf der Brust einer Königin, hörte das alles mit nachsichtigem Lächeln an und sagte dann gleichsam überlegend: »Ihr habt eigentlich recht. Ich wollte es meinem Mann schon selber anbieten, aber ich glaube, er wird es nicht zugeben, weil es gar zu sonderbar aussieht.«

Darauf erhob sich ein Widerspruch, der diesmal ganz harmlos und aufrichtig war. Was denn dabei sei! Und »wenn er das Kind doch nun einmal gern hat«?

Eine besonders Eifrige erbot sich sogar, anspannen zu lassen und die kleine Anikke sofort aus Wiszellen zum Feste zu holen.

Dem Miks Bumbullis, der in angstvoller Freude schweigend dasaß, stieg das Herz hoch, aber Alute winkte beruhigend ab.

Dazu sei auch später noch Zeit, und niemand dürfe sich ihr zu Dank die Stunden des Festes verkürzen.

Madlyne, die als die oberste Ordnerin zwischen den Gästen herumhuschte und wegen ihrer niedlichen Fixigkeit und ihrer wippenden Röcke von den Burschen »Melinoji kielele« — das Bachstelzchen — gerufen wurde, war, als sie in dem Brautwinkel von dem Kinde reden hörte, lauschend stehengeblieben und sagte nun mit einem Lachen hinüber:

»Wenn ihr es alle durchaus begehrt, dann bin ich die erste, die sich den Dank der Wirtin verdienen muß, und das werde ich morgen auch tun.«

Frau Alute warf ihr einen Blick zu, in dem von Dank nicht viel zu lesen stand, aber sie war schon weitergelaufen und wehrte sich fröhlich gegen drei Burschen, die ihre Mädchen im Stich gelassen hatten, um sich mit ihr ein bißchen herumzureißen.

Am nächsten Tage gab es noch Hochzeitstrubel genug auf dem Hofe und am dritten auch. Als aber alles still geworden war und die jungen Eheleute nicht zum Vorschein kamen, da machte sich Madlyne auf den Weg und kam zwei Stunden später mit der kleinen Anikke wieder, die ein neues, grüngesticktes Miederchen anhatte und mit großen, sehnsüchtig ängstlichen Augen der künftigen Heimat entgegensah.

Hinterher ging der zwölfjährige Jons mit einem Bündel, in dem die Siebensachen des Ziehkindes eingebunden waren. Als das Hoftor in Sicht kam, mußte er Schuhchen und Strümpfchen daraus hervorholen, damit sie nicht etwa barfuß ankam.

Es war nun wirklich so, als ob eine kleine Prinzessin ihren Einzug hielt.

Unter der Ulme vor der Tür saß das Ehepaar und aß dicke Milch mit Zucker, denn es war Vesperzeit.

Anikke löste sich von Madlynens Hand und wollte auf Miks zueilen, da sah sie ein paar Augen, deren Blick sie mitten im Lauf erstarren machte, sie wußte nicht mehr, sollte sie vorwärts oder zurück.

Aber da kam auch schon die lustige Madlyne ihr nach und sagte: »Warum hast du Angst vor deiner Pflegemutter, mein Vögelchen? Die hat versprochen, sie tut dir nichts.«

Anikke machte einen schönen Knicks, wie sie ihn in der Schule gelernt hatte, und wartete auf ein Willkommen.

Wenn sie noch lebte, würde sie auch heute noch darauf warten.

10

Wer aber nun glauben wollte, daß die kleine Anikke es schlecht gehabt hätte, der würde sehr im Irrtum sein. Frau Alute war eine viel zu kluge Frau, um nicht zu wissen, daß sie durch ein sichtbares Hervorkehren ihrer Abneigung dem Manne, mit dem sie nun einmal Tisch und Bettstatt teilte, die Lust an ihr selbst von vornherein verderben mußte. Sie tat darum so, als ob sie das Kind um seinetwillen nicht ungern duldete, und ließ sich jede Brosame ihrer Gutwilligkeit durch doppelte Liebesdienste von ihm bezahlen.

Miks Bumbullis war ein umsichtiger Wirt und ein treuer Verwalter. Er arbeitete von früh bis spät und dachte an alles. Die Kartoffeln gediehen, das Heu kam trocken in Käpsen, und als die Roggenaust begann, wurde beim Mähen sein Kreuz nicht müde. In seinem Wesen war eine große Veränderung vor sich gegangen. Er trieb sich nicht mehr in den Krügen herum und kam selbst vom Wochenmarkt nüchtern nach Hause. Auch das Wilddieben hatte er aufgegeben, und wenn die Versuchung an ihn herantrat, nachts über die Grenze zu gehen, so sagte er, seine Frau wünsche es nicht.

Das war aber keineswegs so. Im Gegenteil, was der Alute einst an ihm gefallen hatte, war sein ungebärdiges und zügelloses Treiben gewesen. Sie hatte gedacht, in ihm den Hitzigsten und Forschesten von allen zu eigen zu haben, und war nun bitter enttäuscht, daß er wie irgendein Kopfhänger neben ihr herging.

Daß er auch spaßen und lustig sein konnte, blieb ihr freilich verborgen, denn das geschah nur, wenn er mit dem Kinde allein war. Dann spielte er mit ihm alle die Spiele, zu denen mehr als zweie nicht nötig sind, und ersann sich täglich neue dazu.

Da war eines, das hieß »die Katzenfalle«. Dabei muß einer durch die hohlen Arme des anderen hindurchkriechen, und weil er natürlich für ihre Kinderärmchen viel zu dick war, so gab das des Lachens kein Ende. Und ein anderes »die Windmühle«. Wenn man die darstellen will, muß man sich zwei Hopfenstangen kreuzweis am Leibe festbinden lassen und sich nun ganz rasch um sich selber drehen. Kann der andere eine der Stangen ergreifen und so die Mühle zum Stillstehen bringen, dann hat er gewonnen.

So trieben sie ihre Kurzweil oft bis in die Dämmerung hinein, aber beileibe nicht auf dem Hofe, sondern weit draußen, damit ihr Lachen nirgends zu hören war. Denn sie hatten immer das Gefühl, als sei dies nicht wohlgelitten.

Nur vor Madlyne schämten sie sich nicht. Ja, die durfte sogar die Dritte im Bunde sein. Und dann ging es erst recht hoch her.

Aber Madlyne war um die Abendzeit meistens woanders heftig beschäftigt. Denn hinter dem Gartenzaun lauerten die Burschen von weit und breit, und immer war ein Gejacher um sie herum und ein Gegluckse, das nahm kein Ende.

Aber wenn es zum Heiraten kommen sollte und der Freiwerber die Stube betrat, dann konnte er auch bald wieder gehen. Kaum daß er noch den Kirschschnaps austrank, so sehr lachte Madlyne. Hinterher machte Alute ihr stets Vorwürfe, aber sie kehrte sich nicht im mindesten daran.

»Was willst du von mir?« sagte sie. »Arbeite ich nicht ebenso fleißig wie eine Magd? Und weil mein Mütterliches mit in der Wirtschaft steckt, so arbeite ich auch für mich selber.«

Davon ließ sich nichts abdrehen, denn es war alles die Wahrheit.

Seit der Hochzeit hatte die Madlyne drüben in der Klete geschlafen, denn sie meinte, die jungen Eheleute möchten im Hause am liebsten allein sein. Aber weil die Burschen ihr dort bis in den Morgen keine Ruhe ließen und der Hofhund aus dem Bellen nicht mehr herauskam, so siedelte sie wieder in die Kammer jenseits des Hausflurs über. Und Miks war neidisch auf sie, denn in dem Raume daneben schlief das Kind. Zudem nahm er an, daß die Burschen ihr selbst hierhin folgten, und er wollte nicht, daß Anikke erwachte, wenn ein Begünstigter zu ihr hereinstieg.

Noch hatte er freilich keinen ertappt, aber wie sollte es anders sein.

Und so verliebter Natur war Madlyne, daß sie es nicht unterlassen konnte, selbst ihm von ihrer Zärtlichkeit hie und da ein Zeichen zu geben. Es lag nie etwas Grobes oder Dreistes darin. Wie ihr ganzes Wesen, so war auch dies von einer zarten und behutsamen Zierlichkeit, so daß man es sich gern gefallen ließ, auch wenn man nicht darauf eingehen wollte.

Ihr Lächeln und ihr Um-ihn-Sein wurde allgemach eine einzige große Liebkosung, die um so wohler tat, als man nicht nötig hatte, sie ernst zu nehmen. Denn die Lustigkeit, mit der sie sich an ihn heranschmeichelte, machte jeden Gedanken an künftige Buhlschaft zuschanden.

Dann einmal, als er unbemerkt dazukam, hörte er sie eine Daina singen, die lautete umgedeutscht etwa so:

Liegt mir ein Lämmlein
Im reißenden Strome,
Frag' ich nicht lange,
Ob ich's errette,
Nein doch, ich springe ihm nach.

Liegt der Geliebte
Im Arme der Muhme,
Frag' ich mich täglich,
Ob ihn erretten,
Und ich weiß doch nicht wie.

Gönn' ich den Lieben
Der bösen Muhme,
Die ihm mit Tränkchen,
Aus Giftkraut bereitet,
Zankend den Schlummer verdirbt?

Oder ich sage:
»Komm, lieber Schwager,
In meiner Kammer
Steht eine Bettstatt
— Ach, so schmal ist das Bett! —

Aber zur Mauer,
Der eiskalten Mauer,
Rück' ich geschwinde,
Daß du es warm hast
Und mich im Arm hast und schläfst.«

Soll ich's ihm sagen,
Oder verschweig' ich's,

Bis einst der Kummer
Vom Lager der Muhme
Nach dem Strome ihn treibt?

Und hätt' ich tausend
Der Lämmlein errettet,
Ihn, den ich liebe,
Ließ ich verderben,
Und ich sprang ihm nicht nach.

Sachte schlich Miks sich aus ihrer Nähe, denn er wollte sie
nicht wissen lassen, daß sie von ihm belauscht worden war.
Und als er sie wiedersah und ihr lachendes, glattes Gesichtchen betrachtete, konnte er es nicht fassen, daß sie ein so
finsteres und hitziges Lied gesungen hatte.
Und ein anderes Mal, als sie die kleine Anikke auf dem
Schoße hielt, sang sie folgendes:

Kindchen, mein Kindchen, gehörtest du mir,
Ich schenkte dir Betten von Seide so weich
Und schenkte dir Gott und das Himmelreich.

Auch einen Liebsten schenkt' ich dir wohl,
Der dich zur Kirche hinführen soll.

Du aber, Kindchen, was schenktest du mir?
Ich lieg' alleine und bang' mich und frier,
Und der, der dich liebt wie sein Augenlicht,
Der siehet mich nicht und höret mich nicht.

Wenn der mich wollte und ließe von ihr,
Dann Kindchen, mein Kindchen, gehörtest du mir.

Von nun an fing Miks an zu überlegen, ob er sie nicht einmal in die Arme nehmen sollte. Aber er bezwang sein Gelüste, denn wenn er an all die jungen Leute dachte, die bei ihr angeklopft hatten, erschien es ihm nicht gut genug, ein »Kuszbendris« — ein Weibsteilhaber — zu sein, auch mochte er um des Kindes willen das Haus nicht mit Verdacht und Unfrieden erfüllen. — Aber der Unfriede kam auch ohnedies.

Als es kalt wurde, siedelte Madlyne mit dem Kinde von der anderen Seite des Hauses her in die gutgeheizte Kleine Stube über, deren Zwischentür kein Schloß und keine Klinke hatte und darum immer ein wenig offenstand.

Von nun an schämte er sich, bei seiner Frau zu liegen, und machte allerlei Ausflüchte, um sich irgendwo anders einzuquartieren.

Und da ihm nichts Besseres einfiel, fing er das Leben wieder an, das er einst geführt hatte, als das große Unglück noch nicht geschehen war. Denn nur so konnte er die Nacht zum Tage machen.

Er suchte die Krüge auf, von wo aus im Schutze der Dunkelheit der Schmuggel über die Grenze ging, und da es nicht immer was zu tragen gab, nahm er auf alle Fälle die Flinte mit, um das Frühmorgenlicht für einen Rehbock auszunutzen.

So konnte es nicht ausbleiben, daß er wieder in schlechten Ruf kam, und Alute, die deswegen gerade einstmals ihr Herz an ihn gehängt und ihn noch kurz vorher einen »Schwanzeinkneifer« genannt hatte, schalt ihn nun heftig aus, weil ihre ehrliche Wirtschaft durch ihn zu einer Räuberhöhle würde.

Aber er kehrte sich nicht daran.

Eines Tages nahm ihn die Madlyne beiseite und sagte: »Es

tut nicht gut, Miks, daß du so oft unterwegs bist, du solltest dich mehr zum Hause halten.«

»Aus welchem Grunde wünschst du mir das?« fragte er.

»Sieh dir das Kind an«, erwiderte sie und wandte sich ab.

Er erschrak, denn er hatte es bisher für selbstverständlich genommen, daß es der kleinen Anikke gut ging. Tagsüber war sie in der Schule, die Nacht schlief Madlyne mit ihr. Zudem hatte seine Frau noch nie etwas Feindseliges gegen sie unternommen. Höchstens, daß sie sie nicht beachtete.

Jetzt aber, da er das Kind im Auge behielt, fiel ihm auf, daß es ungerufen nicht mehr an ihn herankam, sondern sich zaghaft in den Winkeln herumdrückte. Auch sah es blaß und schwächlich aus und hatte doch während des Sommers geblüht wie ein Tausendschönchen.

Er versuchte, es ins Gebet zu nehmen, aber es wollte nicht mit der Sprache heraus. Nur weinen tat es bitterlich.

Da legte er sich eines Abends auf die Lauer und mußte erleben, daß Aluta das Kind mit einem Lederzaum schlug, in dem noch die messingnen Schnallen steckten.

Er stürzte aus seinem Versteck hervor, riß der Armen Kleider und Hemde herunter und fand das Körperchen von oben bis unten mit Striemen und blauen Flecken bedeckt.

Da hob er den Zaum auf, den das wütende Weib von sich geworfen hatte, und prügelte es so lange, bis es sich winselnd am Boden krümmte. Auch gegen Madlyne wandte er sich in seinem Zorn, und von nun an saß der Teufel im Hause.

Madlynes Lied wird recht behalten, dachte er oft, wenn der Kummer ihn zur Nacht aus dem Hause trieb.

11

So geschah es eines Novembermorgens kurz vor dem roten
Sonnenaufgang, als er durchfroren im jungen Schnee saß
und gerade auf einen schönen Bock anlegen wollte, daß er
rückschauend eine Flintenmündung auf sich gerichtet sah
und einen grünbändrigen Hut dahinter, den er wohl
kannte.

Er wollte sein Gewehr an die Backe reißen, aber er wußte:
es war zu spät. Darum stand er ganz gemächlich auf und
sagte: »Na, wieviel Jahr' wird es kosten?«

»Nicht halb soviel, wie du mich Nächte gekostet hast, Miks«,
erwiderte der stämmige Förster, der des erschossenen Hegemeisters Nachfolger war, und er fügte hinzu: »Die Flinte laß
liegen. Die hol' ich mir später. Sonst könnte es passieren,
daß du sie mir beim Transport wieder abnimmst und meine
dazu.«

»Ich bin gar nicht so schlimm, wie die Leute es machen«,
lachte Miks und schlug, ohne erst viel zu fragen, den Weg
zum Gendarmen ein, dem er ja doch abgeliefert werden
mußte. Der Förster ging zehn Schritt weit hinterdrein und
hielt die Flinte schußbereit.

»Dreh dich lieber nicht um«, sagte er ganz freundlich, als
Miks das Gespräch fortsetzen wollte, »sonst sitzt dir doch
gleich eine Kugel im Genick.«

Miks hatte nun eine halbe Stunde Zeit, über das Geschehene nachzudenken. Daß er von der Alute wegkam, war
eigentlich ein Segen. Aber dann plötzlich gab ihm das Herz
einen Stoß bis in die Kniekehlen hinein. Das Kind! Was
wird nun aus dem Kinde?

»Ich Dummerjan«, dachte er, »schon wegen des Kindes allein hätt' ich es nicht dürfen.«

Und er fing tausend Pläne zu schmieden an, wie er von der Untersuchungshaft aus die kleine Anikke in andre Pflegschaft bringen könnte. Aber er verwarf sie alle.

Wenn er die Aufmerksamkeit der Behörden auf das Kind zurücklenkte und in den Verhören irgendein Widerspruch laut wurde, so konnte das künstliche Fachwerk, das Alute damals aufgebaut hatte, davon zusammenfallen wie eine Haferhocke.

Bald begegneten ihnen auch Leute, die halb mitleidig, halb schadenfroh den Zug begleiteten. Reden durften sie nicht mit ihm. Das verbat sich der Förster. So gingen sie in halblauten Gesprächen neben dem Miks daher, und weil sie wußten, daß der Förster kein Litauisch verstand, erwogen sie auch ohne Scheu, ob er nicht doch den Mord auf dem Gewissen habe.

Miks Bumbullis hörte das alles. Es war ein rechter Leidensweg.

Die Schar der Neugierigen wuchs mit jedem Schritt, und als er vor dem Hause des Gendarmen ankam, hatte er ein Gefolge wie ein König. — —

Miks bestritt natürlich alles. Von dem Bock wisse er nichts. Er habe nur ein paar Krähen schießen wollen, und das könne unmöglich ein großes Verbrechen sein.

Ob er sich nicht schäme, so faule Ausreden zu machen, fragte der Richter.

O nein, er schämte sich nicht. Er wollte ja bei dem Kinde bleiben.

In der Hauptverhandlung kam er mit seinem Weibe und Madlyne wieder zusammen. Er hatte bisher in seinem Innern gewünscht, das Kind möchte nicht geladen sein, denn es war nun schon groß genug, um zu verstehen, welche Schande er ihm antat. Aber nun es wirklich nicht da war, tat ihm das Herz weh. Er hätte es so gern einmal wiedergesehen.

Madlyne gab sich lange nicht so adrett und fixniedlich wie dazumal, und ihre Augen waren klein und verheult. Aber ihre Antworten kamen auch diesmal wie aus der Pistole geschossen.

Die Flinte habe er wohl gehabt, aber nie in Gebrauch genommen. Ja, richtig! Einmal habe er eine Eule geschossen. Das war alles.

Alute schien ihm die schlechte Behandlung längst wieder vergessen zu haben. Nie sei er zu ungewöhnlichen Zeiten aus dem Hause gewesen, nie habe er die Flinte vom Nagel geholt, nie habe er ein Stück Wild oder das Geld dafür von seinen Wegen nach Hause gebracht.

Schade, daß die Frauensleute nicht schwören durften!

Alute zögerte zwar keinen Augenblick, von ihrem Eidesrecht Gebrauch zu machen, aber der böse Staatsanwalt wußte es zu verhindern, ebenso wie bei Madlyne, die ihm als Hehlerin verdächtig erschien, und so blieben beider Aussagen wirkungslos.

Doch auch die andern, die vereidigt wurden, hielten sich wacker. Selbst diejenigen, die ihn soundso viele Male wegen seiner Schießereien geneckt hatten, konnten sich nicht erinnern, je davon gehört, geschweige denn eine Flinte an ihm gesehen zu haben.

Aber was half das alles! Seine einstige Bestrafung richtete sich drohend hinter ihm auf, und der unaufgeklärte Mord schwebte mit dunklen Flügeln über ihm. Wenn auch nur der Staatsanwalt mit argwöhnischer Anspielung darauf Bezug nahm, ein jeder fühlte, daß um ihn herum Geheimnisse verborgen lagen, die nur eines rächenden Anlasses bedurften, um gegen ihn loszubrechen.

Als der Richterspruch verkündet wurde, der ihm drei Jahre Gefängnis zuerkannte, erhob sich Alute, die bis dahin vermieden hatte, seinen Augen zu begegnen, langsam von der Zeugenbank und nickte, den Kopf feierlich wiegend, eine ganze Weile lang zu ihm herüber.

Er schauderte noch tags hinterher, wenn er dran dachte.

Trotzdem bezwang er sich und verlangte, daß, bevor er in die Strafanstalt überführt wurde, die Seinen ihn besuchten, denn er wußte, daß dies die einzige Möglichkeit war, die kleine Anikke noch einmal zu sehen.

Madlyne hatte ihn wohl verstanden. Denn als die Zellentür sich öffnete und hinter der Alute auch sie hereintrat, da hielt sie richtig das Kind an der Hand.

Miks Bumbullis mußte sich sehr zusammennehmen, sonst wäre er vor dem Kinde niedergekniet und hätte geweint und geweint.

Nun aber sagte er bloß: »Da seid ihr ja alle« und begrüßte sie freundlich der Reihe nach.

Alute, die einen neuen weißen Schafpelz trug und auch sonst sehr unternehmend aussah, sagte zu ihm: »Ich könnte mich jetzt von dir scheiden lassen, aber das werde ich nicht tun. Nein, das werde ich nicht tun.«

Er antwortete: »Tu, was du für recht hältst. Wenn du nur gut zu dem Kinde sein willst.«

»Ich bin gut zu dem Kinde gewesen«, erwiderte sie, »aber da hast du alles verdorben.«

Er demütigte sich vor ihr und sagte: »Ich werde meine Fehler bereuen und ablegen, wenn du mir versprichst, daß du gut zu dem Kinde sein willst.«

Sie machte ein hochmütiges Gesicht und antwortete: »Ich verspreche es.« Dann reichte sie ihm die Hand und verlangte von dem Aufseher, er möge sie hinauslassen.

Der Aufseher tat es und wollte auch die anderen auffordern fortzugehen, da bemerkte er, daß Miks vor dem Kinde niedergekniet war und weinte und weinte. Und weil er ein guter und aufrichtiger Mann war, so schloß er die Tür noch einmal und ließ ihn gewähren.

Miks streichelte Madlynens Rock und sagte: »Erbarm dich des Kindes!«

Madlyne beugte sich zu ihm nieder und sagte: »Ich schwöre dir, daß ich auf das Kind achtgeben werde.«

»Und wenn du heiratest und weggehst — schwöre mir, daß du das Kind mitnehmen wirst.«

Madlyne beugte sich noch tiefer zu ihm und sagte: »Ich werde nicht heiraten.«

Da wurde Miks wieder ruhig und küßte das Kind und küßte auch Madlyne.

Und dann war die Besuchszeit um.

12

Nach zwei Jahren erhielt Miks Bumbullis die Nachricht, daß das Kind gestorben war. Er wunderte sich nicht, denn es war ihm schon einige Male im Traume erschienen.

Der Brief, in dem Alute ihm von dem Unglück Mitteilung machte, lautete so:

»Nunmehr will ich Dich wissen lassen, daß die kleine Anikke ein seliges Hinscheiden erlitten hat. Ich und Madlyne haben sie gepflegt, wie es unsre Schuldigkeit war. Um ihr die fallende Sucht zu vertreiben, habe ich Madlyne zu einer weisen Frau geschickt, die sie nach den Regeln besprochen hat. Auch eine Kreuzotter habe ich abgekocht und ihr den Saft mit getrockneten Quitschen zu trinken gegeben. Kurz, es ist nichts versäumt worden. Ein Begräbnis habe ich ihr ausgerichtet wie meinem eigenen Kinde. Die Festlichkeiten haben zwei Tage gedauert, und es sind dabei drei Fässer Alaus und zwanzig Stof Branntwein ausgetrunken worden. Nicht zu rechnen, was die Gäste alles aufgegessen haben. Einen Sarg habe ich ihr machen lassen, in dem sie sich ordentlich ausstrecken kann. Auch ist sie in ihren besten Sonntagskleidern beerdigt worden. Du siehst also, daß ich mein Versprechen gehalten habe, und wenn du die Madlyne fragen wirst, so kann sie es nicht anders sagen.«

Von nun an erschien die kleine Anikke dem Miks Bumbullis in jeder Nacht. Er brauchte nur die Augen zuzumachen, und sie war da. Und in vielerlei Gestalt erschien sie ihm — manchmal im Sarge liegend, manchmal als eine Braut mit dem Rautenkranz im Haar, manchmal als ein Engelchen mit gläsernen Flügeln, manchmal auch im Hemdchen, blutend oder mit einem Strick um den Hals. Und immer wieder in neuen Gestalten.

Als ein großes Glück empfand er es, daß Alute nun doch gut zu dem Kinde gewesen war. Auch das große Begräbnis sprach dafür. Denn wenn sie das Licht der Welt zu scheuen gehabt hätte, würde sie die Tote so heimlich wie möglich eingescharrt haben. Aber vor allem war ja Madlyne dagewesen, auf die er sich ganz verlassen konnte.

Und doch mußte etwas versäumt worden sein, sonst würde die kleine Anikke Ruhe im Grabe gehabt haben und ihm nicht immer von neuem erschienen sein.

Das ging so Nacht für Nacht, bis eines Tages der Anstaltsarzt zu ihm trat und ihn fragte, was ihm eigentlich fehle.

»Was soll mir fehlen?« erwiderte Miks. »Ich habe satt zu essen, und keiner ist schlecht zu mir.«

Der Arzt befahl ihm darauf, sich auszuziehen. Miks tat es,

aber der Arzt fand eine Krankheit nicht an ihm. Ob ihm vielleicht ein Kummer zugestoßen sei, fragte er dann.

»Ich habe ein Kind verloren«, antwortete Miks. Aber von den Erscheinungen sagte er nichts, denn vor diesen Deutschen muß man sich immer in acht nehmen.

Einige Tage später besuchte ihn der Pfarrer, derselbe, der am Sonntag gewöhnlich predigte.

Der fing ihm eine schöne Trostrede zu halten an, aber er hatte sich nicht einmal die Mühe genommen, die Akten durchzusehen, sonst würde er gewußt haben, daß Miks ein eigenes Kind gar nicht besaß.

Miks beließ ihn in seinem Irrtum und küßte ihm die Hand, um ihn glauben zu machen, daß er nun ganz getröstet sei. Er war nun soweit, daß er sich schon den ganzen Tag über auf die Erscheinung freute. Aber dann machte er sich wieder Vorwürfe um dieser Freude willen, denn wenn es der Anikke im Grabe an gar nichts fehlte, so würde sie ihm nicht erschienen sein. Entweder drückte sie der Sargdeckel, oder man hatte ihr etwas Erstickendes auf den Mund gelegt. Vielleicht gar auch war die Giltinne — die Todesgöttin — nicht versöhnt worden, wie es nach dem Glauben vieler geschehen muß, so daß sie aus Rache die arme Tote allnächtlich aus ihrem Frieden scheuchte.

Er wollte der Alute deswegen schreiben, aber er schämte sich vor den Deutschen, die den Brief durchlesen und in ihrer Dummheit über ihn lachen würden.

Darum war es ihm ganz recht, daß der Anstaltsdirektor ihn eines Tages rufen ließ und ihm eröffnete, der Rest seiner Strafe sei ihm vorläufig erlassen, und wenn er sich ordentlich führe, brauche er sie auch später nicht mehr abzusitzen.

Er dachte: »Da kann ich nun selber nach dem Grabe sehen« und machte sich auf den Heimweg.

13

Die Kartoffeln wurden gerade gesetzt, und alle arbeiteten auf den Feldern. Kaum einer sah sich nach ihm um, und so kam er unbeachtet bis nach Hause.

Der Hofhund bellte ihm freudig entgegen, und er streichelte ihn, denn das Kind hatte ihn liebgehabt.

Das Haus war leer und alles offen. Ihn hungerte, aber er wagte nicht, sich ein Stück Brot abzuschneiden, so fremd kam er sich vor auf seinem eigenen Besitz. Er sah sich erst in der Kleinen Stube um, wo das Bettchen zuletzt gestanden hatte. Aber nichts mehr war davon zu bemerken. Sie schien ganz ausgelöscht aus der Welt. Aber dann fand er auf Madlynens Brett ihre Schiefertafel stehen und eine Schnur mit Griffen daran zum Drüberspringen, wie er sie ihr einmal gemacht hatte.

Wenn er nicht so müde gewesen wäre, so wäre er auf den Kirchhof gegangen. Und so setzte er sich vor das Haus auf die Milcheimerbank, dort, wo die Sonne schien, und wartete. Dabei schlief er ein und wachte erst auf, als die Stimmen der Heimkehrenden im Hoftor laut wurden.

Die Alute war die erste, die ihn bemerkte. Sie richtete sich hoch auf und schritt in ihren Klotzkorken mit geraden Schritten auf ihn zu, während sie ihm ganz starr in die Augen sah. Sie freute sich nicht, aber sie hatte auch keine Furcht.

»Sie haben dich zur rechten Zeit freigelassen«, sagte sie, ihm die Hand reichend, »der Wirt ist gerade sehr nötig im Hause.«

»Ich werde schon arbeiten«, entgegnete er.

Dann ging sie, das Abendbrot zu machen.

Madlyne war hinter ihr gekommen. Er bemerkte, daß sie

ganz schmal geworden war und daß um ihren Mund herum allerhand kleine Falten standen.

Sie reichte ihm auch die Hand und lief dann rasch fort.

Ein fremder Knecht war da, ein älterer Mann, mit dem die Alute sicher nichts vorgehabt hatte — »Drum werd' ich ihn ruhig behalten können«, dachte er —, und eine Magd, die ihn schief ansah, weil sie nicht wußte, was sie aus ihm machen sollte.

Zum Abendbrot hatte die Alute rasch einen Hahn geschlachtet. »Damit alle erfahren, daß der Herr wieder da ist«, sagte sie.

Sie war nun ganz freundlich und sah ihn immer von unten auf an, wie eine Bittende.

Er tunkte die Kartoffeln ins Fett, ließ aber das Fleisch auf dem Rande liegen.

»Warum ißt du nicht?« fragte die Madlyne, der immer die Augen voll Wasser standen.

»Ich will's mir bis nachher verwahren«, erwiderte er, »denn ich hab' so was Gutes lang nicht gehabt.«

Auch ein Glas Alaus bat er sich aus, rührte es aber nicht an.

Nach dem Essen trug er beides in die Kammer hinüber, wo er sich still hinsetzte, bis es dunkel wurde. Dann holte er sich einen Topf von der Herdwand und eine leere Flasche, tat Essen und Trinken hinein und verbarg es unter seinem Rocke.

»Ich will nur noch einen kleinen Gang machen«, sagte er, und die beiden Frauen fragten ihn nicht, wohin.

Das kleine Grab hatte er bald gefunden. Ein neues Holzkreuz stand zu Kopfenden mit einem Dachchen darauf, wie es die jungfräulich Entschlafenen haben sollen, und zwei Vögelchen an den schrägen Enden. Die hatte sicherlich die

Madlyne angebracht als Spielzeug für die Tote in der langen Ewigkeit.

Er wühlte in dem Sande des Grabhügels eine kleine Kaule aus und stellte Topf und Flasche hinein. Dann glättete er den Sand wieder, so daß nicht das mindeste zu bemerken war.

Manche sind der Meinung, daß dies zur Nahrung für den Geist der Toten gut ist, aber andere — und die sind wohl in der Wahrheit — meinen, daß die böse Giltinne damit besänftigt wird, so daß sie der abgeschiedenen Seele die Ruhe nicht fortnimmt.

Und dann saß er noch eine Weile und dachte bei sich: »Hier ist gut sein.« Und ihm war, als sei er erst jetzt in die Heimat gekommen.

Als er wieder im Hause war und alle sich zum Schlafengehen bereiteten, sann er darüber nach, wohin er sich wohl legen sollte. Er wußte genau, daß, wenn er sich absonderte, der Hader von neuem losgehen würde. Darum kroch er in seines Weibes Bett, und sie tat so, als sei er nie weggewesen.

Nun fing sie auch aus freien Stücken von dem Kinde zu reden an.

Gegen Gottes allmächtigen Willen sei Menschenkraft ohnmächtig, man müsse zufrieden sein, wenn man sich nichts vorzuwerfen habe.

Und sie weinte.

Er sagte nur: »Erzähle mir nichts.« Denn er wußte, daß er es nicht ertragen würde.

In dieser Nacht erschien der Geist des Kindes ihm nicht. Er freute sich, daß er mit der Gabe an die Giltinne das Rechte getroffen hatte.

Als er am nächsten Morgen den Spaten schulterte, um mit

den andern in die Kartoffeln zu gehen, sagte die Madlyne zu ihm: »Ruh dich erst aus, du bist noch zu schwach.«

Und er wunderte sich, daß sie so wenig von seinen Kräften hielt.

Aber als er eine Weile vorgegraben hatte, mußte er sich setzen, denn der Atem fing an, ihm zu fehlen, und die Madlyne sah ihn an wie die Mutter ihr krankes Kind.

Auch die Alute war von nun an immer gut zu ihm. Sie brachte ihm Paradieskörner in Essig und andere stärkende Sachen, und er dachte: »Wenn das Kind noch lebte, was würde es jetzt für gute Tage haben!«

Die Erscheinung war nun nicht mehr wiedergekommen, und er begann schon, der Giltinne mit geringerer Ehrerbietung zu gedenken.

Und so vertraut war er inzwischen mit der Alute geworden, daß er sich eines Abends ein Herz faßte und zu ihr von den Erscheinungen sprach. Auch von dem Mittel, das sich dagegen bewährt hatte.

Sie lachte und sagte: »Wenn das so leicht ist, will ich dir Hähne schlachten, soviel du willst.«

Ja, so gut war sie jetzt immer zu ihm. Und er fragte sich manches Mal, warum er sich früher eigentlich vor ihr gefürchtet hatte.

Auch von der Krankheit des Kindes wollte er jetzt Näheres wissen. Nicht daß sein Kummer geringer gewesen wäre als in der ersten Nacht, nur hielt er sie jetzt so wert, daß er glaubte, sie würde die richtige Teilnahme haben.

Aber Alute erwiderte: »Du Armer würdest es auch heute noch nicht ertragen, drum warte noch eine kleine Weile.« Und so sagte sie immer aufs neue.

Da kam er auf den Gedanken, die Madlyne zu fragen. Aber die Madlyne war jetzt wie umgewandelt. Sie ging ihm aus dem Wege, wo sie nur konnte, sprach bei Tisch kein Wort und bohrte mit den Augen Löcher ins Holz.

Auch der Alute fiel das auf, und einmal sagte sie: »Die Madlyne muß aus dem Hause, und schickt sie auch die nächsten Freier zurück, die ich ihr aussuche, so setze ich ihr eines Tages Bettsack und Kasten vors Hoftor.«

Er erschrak, daß er an einem so bösen Ende die Schuld tragen sollte, und beschloß, das Seine zu tun, um alles zum Bessern zu wenden.

Darum ging er der Madlyne eines Morgens zum Melken nach und sagte: »Du mußt nicht denken, Madlyne, daß ich dir vom Tode des Kindes etwas nachtrage.«

Sie stand von der Hocke auf und sagte: »Aber ich trage es mir nach.«

Er antwortete, die Rede Alutes nachsprechend, daß gegen Gottes allmächtigen Willen Menschenkraft ohnmächtig sei, und man müsse zufrieden sein, wenn man sich nichts vorzuwerfen habe.

Da legte sie plötzlich beide Hände auf seine Schultern, sah ihn lange mit den bohrenden Augen an, die sie jetzt immer machte, und sagte dann: »Schlaf bei mir, Miks Bumbullis! Dann werd' ich dir etwas erzählen, was zu wissen dir not tut.«

Er fühlte eine große Unruhe und antwortete: »Mir ist nach lockeren Streichen nicht zumut. Erzähl es mir auch so.«

»Nein«, sagte sie, »anders tu' ich es nicht.«

»Ich werd' es mir überlegen«, antwortete er und ging aus dem Stalle.

In derselben Nacht kam die Erscheinung wieder. Sie war in ihrem Hemdchen, hatte auf jeder Achsel einen Vogel sitzen und trug einen Stengel in der Hand, aber das war ein Schierlingstengel.

Er sagte der Alute nichts davon. Und als der Abend kam,

sparte er wieder sein Essen auf, holte sich heimlich einen Topf und trug es darin zum Kirchhof hinaus.

Er war des Glaubens, das alles sei unbemerkt geschehen, aber hinter dem Hofzaun stand Alute und sah ihm nach.

Diesmal gab die Giltinne sich nicht so leicht zufrieden, denn das Kind erschien ihm auch in der nächsten Nacht.

»Es wird wohl wieder ein Hahn sein müssen«, dachte er, aber ein unbestimmtes Gefühl hielt ihn ab, Alute zu bitten, daß sie ihn schlachte.

Die Erscheinung kam immer wieder, und die Unruhe verließ ihn nicht mehr.

Da faßte er sich ein Herz, und während die Frau noch auf dem Felde war, ging er der Madlyne nach in die Kammer.

Als sie ihn kommen sah, stieß sie einen Seufzer aus und faltete die Hände wie eine, die sich bereitmacht, selig zu sterben.

So schlief er also bei ihr, und als ihr Kopf an seiner Schulter lag, da kam es ihm zur Klarheit, daß er immer und immer nur nach ihr verlangt hatte.

Sie weinte ohne Aufhören und küßte ihm beide Hände.

Und dann ermahnte er sie, daß sie nun ihr Versprechen erfüllen solle.

Sie kniete vor dem Bette nieder und flehte: »Verlange es nicht! Verlange es nicht!«

Aber er verlangte es immer wieder.

Da sah sie, daß es kein Entrinnen mehr gab, und erzählte ihm, auf welche Art Alute das Kind umgebracht hatte. Und sie würde nie und nimmer zu überführen sein.

In seinem ersten Zorn griff er nach Madlynens Halse, um sie zu erwürgen, weil sie die Tat nicht verhindert hatte.

Sie sagte: »Drück nur zu! Drück nur zu! Oben am Hühnerbalken kannst du die Schlinge sehen, mit der ich mich aufhängen wollte. Und wärest du nicht so plötzlich gekommen, hätte ich es auch getan.«

Da sprang er aus dem Bette und lief nach dem Schleifstein. — —

Alute arbeitete noch in den Kartoffeln, da sah sie einen Menschen auf sich zustürmen, der halb angezogen war und eine Axt schwang.

Und als sie ihren Mann erkannte, da wußte sie sofort, was geschehen war, und daß es ihr nun ans Leben ging.

Sie rannte schreiend nach der Richtung des Dorfes hin und er mit der erhobenen Axt hinter ihr drein. — Aber sie wagte nicht, nach einem der verstreuten Höfe einzubiegen, denn sie wußte, daß kein Türschloß und keine Menschenhand ihn hindern würde, die Tat zu begehen.

So lief sie weiter, und der Raum zwischen ihr und ihm verkürzte sich immer mehr.

Da sah sie nicht fern das Haus des Gendarmen und erkannte gleich, daß sie sich für heute und künftig nur retten konnte, wenn sie dem alles gestand. Die Anstiftung würde ihr niemand nachweisen, und der Meineid war bald gebüßt.

Als ihr Verfolger einsah, wohin sie steuerte, da ließ er von ihr ab, denn des Wachtmeisters Pistolen waren immer geladen. Er kehrte in seinen Fußtapfen um, und die Leute, die ihm gefolgt waren, gingen in großem Bogen um ihn herum.

Das Haus war jetzt so leer, wie er es bei seiner Heimkehr gefunden hatte. Auch nach Madlyne rief er umsonst.

Er zog sich einen warmen Rock an, steckte Geld in die Tasche, holte ein altes Gewehr hinter den Sparren hervor, das seit seiner Wilddiebszeit dort noch versteckt lag, und kroch auf dem Bauche von Graben zu Graben.

Als es finster geworden war, floh er über die Grenze. Rußland ist groß.

14

Der Gendarm erstattete die Anzeige.

Die Herren vom Gericht nahmen sich der Sache mit großem Eifer an. Ein Steckbrief wurde erlassen, Polizisten hielten Nachforschungen hüben und drüben, auch wurden Auslieferungsverhandlungen angebahnt, damit, wenn man ihn faßte, kein Aufschub entstand.

Alute, die trotz ihrer Selbstbezichtigung noch immer frei herumlief, lachte zu alledem und sagte: »Was gebt ihr euch für Müh'! Das Kind wird ihn schon holen gehn.« Sie hütete sich wohl, in ihrem Hause zu bleiben, und selbst für kurze Zeit ging sie nur in Begleitung hinein, denn sie fürchtete, daß Miks ihr dort auflauern würde.

Nacht für Nacht hielt sie sich mit dem Gendarmen und ein paar Männern, die dazu aufgeboten waren, hinter dem Kirchhofzaune versteckt. Die Männer wechselten ab, denn keiner konnte für die Dauer die Nachtwache vertragen. Sie aber war immer zur Stelle. Bei Tage streifte sie herum wie ein wildernder Jagdhund. Wo und wann sie schlief, wußte keiner.

Wenn einer von den fremden Gendarmen, die den hiesigen jede zweite Nacht ablösen kamen, gegen Morgen hin frierend und mißmutig sagte: »Ich denke, wir stellen die vergebliche Arbeit ein, denn er müßte schön dumm sein, uns freiwillig in die Arme zu laufen«, dann wehklagte sie und flehte mit erhobenen Armen: »Erbarmen, Pons Wackmeisteris! Ich weiß, das Kind wird ihn schon holen gehn — wird ihn schon holen gehn.«

Was sie aber nicht wußte, war, daß zu gleicher Zeit und gar nicht weit vom Kirchhof Madlyne im Graben lag — dicht an dem Wege, der von der Grenze her auf das Dorf zuführte.

Sie hielt sich heimlich in dem Haus eines früheren Bewerbers auf, dessen Frau ihr dankbar war, weil sie ihn nicht genommen hatte. Und allabendlich, wenn es dunkel wurde, schlich sie sich hinaus auf Wache für den Fall, daß er vorbeikommen sollte.

Manchmal war es noch kalt, und manchmal regnete es, aber sie fror nicht und ließ sich ruhig durchweichen. Nur gegen den Schlaf anzukämpfen fiel ihr schwer. Darum legte sie sich gewöhnlich eine ihrer Klotzkorken auf den Kopf, die ihr gegen die Knie fiel, wenn sie ihn einschlafend nach vornüber neigte. Und von dem Schmerze wurde sie dann wieder wach.

Ab und zu ließ vom Kirchhof her ein leises Stimmengeräusch oder ein Säbelklirren sich hören, ab und zu, wenn der Wind danach stand, zog auch ein Tabaksgeruch über sie hin. Dann lachte sie höhnisch und schüttelte die Fäuste in das Dunkel hinein. Solange sie wachte, war keine Gefahr.

Aber in einer Nacht — es mag die vierzehnte oder fünfzehnte ihres Dienstes gewesen sein —, da mußte der Schlaf sie doch überwältigt haben, oder aber er war nicht auf dem Wege, sondern quer über die Felder gegangen, denn plötzlich hörte sie auffahrend vom Kirchhof her Knallen und Männergeschrei. Und die Stimme Alutens mischte sich keifend darein.

Da wußte sie: sie hatten ihn.

Weinend lief sie auf den Lichtschein los, der plötzlich aufgeflammt war.

Und da sah sie ihn auch schon kommen. Zwei Männer brachten ihn geführt, und Alute tanzte um ihn herum, indem sie ihm die Zähne zeigte und die Zunge ausstreckte.

In seinem Gürtel hing der Oberteil einer breithalsigen Flasche, die wohl beim Kampfe mitten durchgeschlagen war.

Darin war das Opfer für die Giltinne gewesen, mit dem er dem Kinde noch einmal die ewige Ruhe hatte erkaufen wollen.

Madlyne warf sich ihm in den Weg und küßte die eisernen Ringe, in die sie seine blutigen Hände gesteckt hatten.

Er sah gleichsam mitten durch sie hindurch und schritt weiter — seinem Schicksal entgegen.

DIE MAGD

1

Es war am ersten Juli und schon Feierabend, als die Marinke Tamoszus im Dorfe einfuhr. Der Vater hatte sie in seinem Wagen selber gebracht. Trotzdem kam sie nicht aus dem Elternhause. Sie kam von dem Gute des Herrn Westphal, wo sie erst ein Jahr im Haushalt gedient und dann zwei Jahre lang die Meierei verwaltet hatte.

Dort war sie dem alten Enskys aus Ussainen in die Augen gefallen. Er hatte beim Milchabliefern die fleißige Wirtin in ihr erkannt und erst seine Frau und dann auch seinen Sohn, den Jurris, auf sie aufmerksam gemacht. Hierauf, als beide freudig ja sagten, hatte er sich mit ihrem Vater verständigt, und das Ende vom Liede war, daß sie dem Herrn Westphal kündigte und vom alten Enskys den Mietstaler nahm.

Aber nein doch, das Ende war es nicht! Es sollte vielmehr ein glücklicher Anfang sein.

Denn wenn man sich gegenseitig gefiel, so konnte nach den letzten Kartoffeln, um Mitte Oktober etwa, die Hochzeit gefeiert werden. Wenigstens war es mit dem Vater so abgemacht worden. Und sie, die Marinke, hatte sich nicht gewehrt. Denn nach Hause konnte sie nicht, weil dort eine böse Stiefmutter schaltete, und ewig auf dem großen Gute zu scharwerken hatte erst recht keinen Zweck. Man kam schließlich bloß ins Gerede.

Sie saß in ihren Sonntagskleidern mit gründurchflochtenen Zöpfen und brauner Taftschürze blond und rund und schüchtern neben dem dürrgearbeiteten Vater, der auf seine Gäule losprügelte, denn er wollte forsch vorgefahren kommen.

Er kannte die Ensykssche Wirtschaft schon, sie hingegen war noch niemals dort gewesen und fuhr ins neue Leben hinein, wie man aufs Meer hinausfährt.

Sie blickte nicht vorwärts und nicht in die Runde, und von freudiger Erwartung stand wenig auf ihrem Gesichte zu lesen. Sie fragte auch nicht: »Ist es hier? Ist es dort?« Aber wenn der Wagen an einem neuen Zugangswege vorbeifuhr, atmete sie erleichtert auf, weil ihr noch eine Galgenfrist blieb.

Endlich bog er doch um die Ecke, und im Abendschein lag die künftige Heimat vor ihr. Vier schwarzweiße Kühe weideten im Roßgarten. Daß die tüchtige Milchgeberinnen waren, das wußte sie schon von der Meierei her. Der Garten mit Blumen voll. Der Hofraum gepflastert. Der Stumpf einer Dreschmaschine vor der massiven Scheune. In ihrem Herzensbangen fiel ihr sonst nicht viel auf. Nur die braunen Netze, die zum Trocknen über den Staketen hingen, gewahrte sie mit etlichem Staunen, denn noch nie war sie in einer Fischergegend gewesen.

Vor der Tür standen die Alten mitsamt dem Jurris. Auch ein Knecht war da und eine Taglöhnerfrau. Um derentwillen durfte der Willkomm nicht allzu herzlich sein. Aber sie dachten sich doch ihr Teil, denn sie grieflachten heimlich zusammen.

Wenn ein junger Sohn im Hause ist und die Magd kommt zweispännig angefahren, und der eigene Vater kutschiert!

Der Jurris war ebenso schüchtern wie sie. Man hätte es nicht von ihm glauben sollen, denn er war unlängst von den Kürassieren nach Hause gekommen, und die blau-weiße Mütze saß ihm noch auf dem linken Ohr. Aber als er ihr kaum die Hand gegeben hatte, machte er sich schon eifrig an dem Kasten zu schaffen, den er mit Hilfe des Knechts über die Sprossen hob. Nur um nicht mit ihr reden zu müssen.

Eigentlich wie ein Kürassier sah er nicht aus. Nach seiner Gestalt hätte man ihn eher bei den Ulanen vermutet. Lang und biegsam und von sinkendem Schulterbau. Die Augen blau und still. Viel von Bart noch nicht auf den Lippen.

Das Ausspannen verbat sich der alte Tamoszus. Denn bis nach Piktaten, wo seine Wirtschaft lag, sind es mehr als drei Meilen, und er wollte nachts schon zu Hause sein. Aber einen Bissen geräucherten Aal aß er doch und trank den Himbeer dazu, der nicht im mindesten kratzte. Er fühlte es mit Zufriedenheit: die Marinke kam in ein gutes Haus, und die fünfhundert Taler, die er ihr mitgeben konnte, würden gut angewandt sein.

So fuhr er also von dannen, und die Marinke saß in der Kammer und weinte.

Aber da man bei fleißiger Arbeit eher ans Lachen als ans Weinen denkt, so war sie am nächsten Morgen schon wieder ganz fröhlich. Die Kühe standen über dem Melkeimer so still, als hätte sie sie schon seit Wochen geliebkost, und der Schweinetrank schwippte in weitem Bogen gerade unter die hungernden Rüssel.

Die Enskene ging ihr nach auf Schritt und Tritt, aber so, daß sie von ihr nicht gesehen werden konnte, und als das Frühstücksbrot kam, sagte sie leise zu ihrem Mann: »Wir haben gut gewählt. Sie ist eine Gesegnete.«

Der alte Enskyne faltete die rissigen Hände und sagte noch zweifelnd: »Geb' Gott!«

Und beide dachten daran, wie sie nun im Herbste sich zur

Ruhe setzen könnten, waren dabei aber erst um die Fünfzig.

Die Marinke tat, als merkte sie nichts von dem Beobachtetwerden und dem Getuschel, und machte ihre Arbeit als eine, die das Arbeiten liebt und nicht nach rechts und nach links sieht.

Die Schwiegermutter gefiel ihr. Bequem und gütigen Herzens und nicht gewillt, sie ihre Herrschaft fühlen zu lassen.

Aus dem Schwiegervater war vorderhand noch nicht klug zu werden. Bescheiden im Wesen, als wär' er ein Instmann, aber pfiffigen Blicks und im Kleinen ein Quengler. Denn er gemahnte sie zwei-, dreimal an etwas, was sie noch gar nicht wissen konnte. Aber das mochte auch Unvernunft sein.

Der Jurris saß steif neben ihr da und sprach sie nicht an. Und so blieb es Tage und Tage lang, so daß der Knecht und die Taglöhnerin ihren Verdacht bald wieder fahrenließen.

Der Marinke war es recht so, denn ihre Gedanken weilten ganz, ganz woanders als bei dem Jurris. Nur neugierig war sie auf ihn und wollte wissen, wie er es anfangen würde. Aber er fing es lieber gar nicht an. Und mit der Zeit begann sie zu fürchten, sie könnte wieder heimgeschickt werden. Und noch etwas Schlimmeres fürchtete sie, doch daran ging das Denken gerne vorüber.

2

Um ihre Milch am besten zu verwerten, hatten die fünf größten Wirte des Dorfes mit Herrn Westphal einen Pachtvertrag abgeschlossen und lieferten ihm soundso viel Liter täglich für seine Meierei. Im Hinfahren wechselten sie sich allwö-

chentlich ab, und daher kannte die Marinke sie alle. Und
besser noch kannte sie ihre Frauen und Kinder, denn die
Besitzer spielten den Kutscher meistens nur dann, wenn sie
in Augustenhof sonst noch zu tun hatten.

In der Woche nach Marinkes Ankunft war der Jozup an der
Reihe. Der Jozup Wilkat, der mit seiner Mutter die Wirtschaft führte. Ein dunkler junger Mensch von Dreiviertel-
größe mit buschigem Schnurrbart und zusammengewachse-
nen Brauen, die ihm ein finsteres und fremdartiges
Aussehen gaben. Den Hof, der übrigens wohlhabend und
gut gehalten war, nannte man in der Gegend die »Wilkija«,
das Wolfsnest. Zuerst natürlich des Namens wegen, denn
Wilkat heißt im Deutschen der »Werwolf«. Dann aber auch,
weil die drei Söhne, die vaterlos herangewachsen waren,
sich von früher Jugend an in den Haaren gelegen hatten, bis
die Mutter, deren Liebling der Jozup war, die beiden älteren
hinausbiß, so daß sie nun in Berlin auf Beförderung dienten.
Der Jozup aber wartete nur auf eine passende Frau, um
dann die Wirtschaft zu übernehmen.

Im Augustenhof waren alle Mägde hinter ihm her, aber er
kümmerte sich wenig um sie. Selbst die Marinke hatte er immer bloß stumm angeglupt, hatte seine Milch aufschreiben
lassen — und weg war er.

Man sagte von ihm, er sei ein »Bedraugis«, das ist einer, der
keinen Freund hat, und das mochte früher vielleicht gestimmt haben, wenn er jetzt aber abends die Milch abholen
kam, machte er sich lange im Stall bei dem Jurris zu schaffen, rauchte eine Zigarre mit ihm und versäumte womöglich
die Abfahrt. Denn bis Augustenhof sind es im Schritt immer-
hin doch anderthalb Stunden. Es schien, als wären sie Her-
zensfreunde immer gewesen.

Am vierten Abend mochte es sein, da trat er zu der Marinke, die eben die Milchkannen auflud, und redete sie mit den Worten an: »Gestern hat mich der Herr Westphal halten lassen und hat gesagt, ich möchte dir sagen, du möchtest doch bei Gelegenheit einmal nach Augustenhof kommen.«

Die Marinke wurde rot und sagte: »Was soll ich in Augustenhof? Ich bin nicht mehr im Dienste dort.«

Und der Jozup entgegnete: »Es ist noch etwas abzurechnen, hat er gesagt.«

Die Marinke antwortete: »Ich habe abgerechnet«, und ging ihrer Wege.

Aber am Sonnabend kam er noch einmal und sagte: »Der Herr Westphal ist gestern auf der Meierei gewesen und hat gesagt, er würde aus einem Posten nicht klug und er müsse durchaus mit dir reden. Morgen am Sonntag ist mein letzter Abend. Vielleicht erweist du mir das Vertrauen und fährst mit mir.«

Der Marinke gab es einen Stoß gegen das Herz. Sie sah den Jurris an, der still nebenbei stand, und sagte: »Wenn ich durchaus fahren muß, so fahr' ich doch lieber, wenn wir an der Reihe sind. Die acht Tage wird der Herr Westphal sich wohl noch gedulden.«

Der Jozup zog die Brauenhaare noch finsterer zusammen, stieg auf und fuhr vom Hof herunter.

Der Jurris stand da und sah ihm nach, und die Marinke grämte sich, daß er noch immer nicht zu ihr sprach. Schließlich war sie doch »auf Prob'« hier. Was sollte werden, wenn es so blieb?

Darum tat sie etwas, was ihrem schüchternen Sinne ganz zuwider war und wozu sie bisher den Mut noch nie gefunden hatte. Sie stellte sich neben ihn und sagte: »Vielleicht bist *du* so gut und nimmst mich dann einmal mit.«

110

Hätte er nun eine kurze und unwirsche Antwort gegeben oder ihr sonst sein Mißfallen gezeigt, dann hätte sie gewußt, daß sie ihren Kasten bald würde packen müssen. Aber was tat er?

Er drehte sich nach ihr um, ein gutes, man konnte sagen, ein glückliches Lächeln ging über sein ganzes Gesicht, und er entgegnete: »Wirst du dann auch einmal mit mir fischen kommen?«

Nun wußte sie, wie sie mit ihm dran war und daß sie mit ihrem Kasten würde hierbleiben können für ihre ganze Lebenszeit. Am liebsten wäre sie gleich davongelaufen und hätte im Winkel geweint, aber sie bezwang sich und lächelte nur und sagte: »Du hast ja bisher noch gar nicht gefischt.«

»Ich habe immer auf dich gewartet«, entgegnete er.

»Wenn du die Mutter gebeten hättest, hätte sie mich wohl freigelassen«, sagte sie.

»Ja, das hätte ich eigentlich tun können«, entgegnete er, »aber ich dachte immer, du hättest zuviel zu tun.«

»Zu tun habe ich wohl genug«, war ihre Antwort, »aber wie man fischt, das sähe ich gar zu gerne.«

Da führte er sie vor die braunen, nach Teer riechenden Netze, die über die Stakete gehängt waren, und erklärte ihr alles.

Sie hörte ihm zu und hörte doch nichts. Vor lauter Glück hörte sie nichts. Das Schwere, das Dunkle, das sonst über ihr Denken gebreitet war, löste sich auf.

Nichts war um sie und in ihr als ein milder Sommerabend mit braunen Netzen und grünen Staketen und vielen Blumen dahinter, und Vögelchen, die sie ansangen, und einem Hofhund, der sie anwedelte, und einem lieben, guten Menschen, der fortan der Ihre war.

Sie ging neben ihm hin wie ein seliger Geist, und hätte er

ihre Hand gefaßt und wäre mit ihr in den Himmel geflogen, sie hätte sich nicht im geringsten gewundert.

Daß sie nun auch gemeinsam den Garten besuchten, geschah wie von selbst. Er zeigte ihr den Goldlack und den Reiherschnabel, und sie zeigte ihm den Ehrenpreis und die Studentennelke, und nur an dem Rautenbeet gingen sie schweigend vorüber.

3

Zwei Tage später am frühen Morgen sagte der Jurris zur Marinke: »Die Mutter hat erlaubt, daß wir zusammen fischen dürfen.«

Sie fragte: »Wer wird die Kühe melken?«

Und er erwiderte: »Sie wird es selber tun.«

Als sie mit ihm das Netz auf den Handwagen lud, schämte sie sich sehr vor den Blicken, die sie auf sich gerichtet fühlte. Sie nahm sich auch nichts zu essen mit und sagte zu keinem: »Ich geh' nun.« Wie eine Übeltäterin machte sie, daß sie davonkam.

Er zog den Handwagen, und sie schob nach. Aber zu schieben war eigentlich nichts, denn die Räder drehten sich wie von selber.

Bis zum Haff geht man quer durch die Felder mehr als eine halbe Stunde. Zuerst war nichts davon zu sehen als ein rötlicher Nebel, wie er morgens wohl auf den Wiesen liegt, dann aber brach das blaue Wasser durch, hoch über dem Rohr und dem Buschwerk, und zwischen Wasser und Himmel blänkerten in der Ferne die Sandberge der Nehrung, anzusehen wie ein Gürtelband von weißgelber Seide.

Marinke dachte: »Wie schön wird meine Heimat sein!« Sie

wollte was sagen, aber sie traute sich nicht, denn er, der vor ihr ging, drehte sich nie nach ihr um.

Und so kamen sie dem Ufer immer näher.

Dort standen Schuppen errichtet, um die Kähne aufzunehmen, wenn die Zeit der Stürme drohte. Jetzt aber, bei stillem Sommerwetter, waren sie nicht einmal auf den Strand gezogen und schaukelten sich, an Pfähle gebunden, zwischen Grasbank und Röhricht.

Keiner von den andern, die die Fischgerechtsamkeit haben, war am Ufer zu sehen. Denn jetzt bei beginnender Ernte gab es zuviel auf den Feldern zu tun.

Und Marinke fühlte in beklommener Seele, daß auch seine Ausfahrt nur ihr zuliebe geschah.

Nun lud er das Netz aus dem Wagen, und sie half ihm dabei, obgleich es auch hier nichts zu helfen gab. Erst wie sie schon draußen waren, weit draußen im Blauen, wo nur die Ruder klatschten und die Kielwellen schälten, da forderte er sie auf, ihm beim Auswerfen zur Hand zu gehen.

Und sie verstand auch gleich, was zu tun war, so daß alsbald die »Pluden« — das sind die leichten Hölzer, die das Netz obenhalten — in schönem Bogen rings um sie her schwammen.

Nun kam eine Zeit der Ausruhe, und die Sonne fing etwas zu stechen an.

»Du hast kein Tuch«, sagte er, »du wirst Kopfschmerzen kriegen.« Und er holte eine Ölkappe hervor, die sollte sie aufsetzen. Aber sie wollte nicht, denn sie fürchtete, er werde über ihr Aussehen lachen müssen. Und das sagte sie ihm auch.

Aber da begann er schon im voraus zu lachen und rief: »Hundertmal reichen nicht, daß ich dich in der Ölkappe sehen werde.«

113

Und ohne sich zu besinnen, was sie sagte, entgegnete sie: »Aber dann werden wir auch verheiratet sein.«

Noch wie das Wort kaum heraus war, da schämte sie sich schon so sehr, daß sie sich am liebsten ins Wasser gestürzt hätte. »O Gott, o Gott«, dachte sie, »jetzt wird er mich für dreist und für zudringlich halten.«

Und weil sie fühlte, daß sie ganz glutrot geworden war und immer noch röter wurde, drehte sie ihm den Rücken und machte sich klein.

Er — vom Steuer her — sagte: »Marinke, dreh dich doch um.«

Aber sie vermochte es nicht. Denn plötzlich stieg der Gedanke in ihr auf: »Es wird nicht sein — es kann nicht sein. Es ist zu schön für mich — und ich bin es nicht wert.«

Wie ein Herzbruch kam es über sie, so daß sie bitterlich zu weinen begann.

Der Jurris stand von seinem Platze auf und setzte sich neben sie, so dicht, daß ihr Rücken an seine Brust stieß.

Und er fragte sie, ob sie ihn denn wirklich nicht wolle, da sonst ja die Heirat kein Grund zu solchen Tränen sei.

Aber sie weinte nur um so heftiger.

Da schlang er von hinten her die Arme um ihren Hals, so daß ihr Kopf auf seine Schulter zu liegen kam. Sie drehte sich ein wenig nach ihm um, damit sie ihr nasses Gesicht nicht dem hellen Tage preisgeben brauchte, und so lag sie an seine Jacke gedrückt und wurde wieder ganz still.

»Ach, wenn er mich doch küssen möchte!« dachte sie.

Aber er küßte sie nicht.

Und dann war es Zeit, nach dem Netze zu sehen. Viel brachte der Fang nicht. Ein paar Bleie, ein paar Plötzen. Das war alles. Aber sie kümmerten sich nicht darum, und schließlich lachten sie gar darüber.

Als sie den Wagen heimwärts fuhren, schob sie nicht mehr wie in der Frühe, sondern schritt an seiner Seite und zog mit ihm. Aber da es beim besten Willen auch jetzt nichts zu ziehen gab, legte er seinen freien Arm um ihre Hüfte, so daß er ihren Arm von der Deichsel abdrängte. Und darum gab es des Lachens kein Ende.

Doch zu Hause taten sie wieder ganz ernst, und als die künftige Schwiegermutter ihnen das Frühstück auftischte, wollte sie es nicht dulden und küßte ihr Ärmel und Rocksaum.

Da sagte die Enskene mit einem freundlichen Lächeln: »Was ihr gefischt habt, ist ja nicht viel, und doch hat mein Jurris einen guten Fang gemacht.«

Der alte Enskys aber ging mit mißtrauischen und ängstlichen Blicken um beide herum, so daß auch der Marinke wieder ganz angst ward.

»Ob er was weiß?« dachte sie.

Aber dann hätte er wohl nicht gewollt, daß sie »auf Prob« ins Haus kam.

Und darum ging sie wieder beruhigt an ihre Arbeit.

4

In dieser Woche hatte der Jozup Wilkat eigentlich nichts mehr auf dem Hofe zu tun, denn das Milchabholen besorgte ein anderer. Aber trotzdem sah man ihn morgens und abends.

Einmal hatte er sich einen Bohrer geborgt, den er zurückbringen mußte, ein andermal war ihm die Wagenschmiere ausgegangen, und schließlich kam er ganz ohne Grund, setzte sich neben den Jurris auf eine Deichsel und rauchte manchmal drei Pfeifen aus.

Daß man den jemals einen »Bedraugis« genannt hatte, war zum Verwundern.

Der Jurris wußte nicht recht, wie er zu der neuen Freundschaft gekommen war, die eigentlich schon seit zwanzig Jahren hätte bestehen müssen, aber da sie ihm plötzlich vom Himmel fiel, ließ er es sich gefallen. Der Jozup, den alle für störrisch und abstoßend gehalten hatten, war gar nicht so schlimm. Er wußte Geschichten und Lieder die Menge, und wenn man die Auflösungen seiner Rätsel erfuhr, konnte man sich vor Lachen den Bauch halten.

Darum kamen auch die beiden Alten häufig dazu, und nur die Marinke machte sich ungern in seiner Nähe zu schaffen. Nicht daß er ihr einen Widerwillen eingeflößt hätte. Wenn sie ihn kommen und gehen sah mit seinen strammen Beinen und seiner pröpschen Kopfhaltung, gefiel er ihr immer ganz gut, aber die Herzbeklommenheit, die sie schon im Augustenhof manchmal befallen hatte, wenn er auf dem Milchwagen vorfuhr, verließ sie auch jetzt nicht.

Zuweilen dachte sie: »Der wird mir gewiß einmal ein Leid antun!« Aber ein bißchen Angst vor den Männern hatte sie ja wohl immer, seitdem sie erfahren hatte, wie wenig ein armes Mädchen vor ihrem starken Willen vermag.

Und sie brauchte auch nur nach dem Jurris hinüberzublikken, um zu wissen, wie gut geborgen sie war und daß jener ihr niemals würde zu nah kommen können.

Eines Spätabends beim Weggehen blieb der Jozup am Gartenzaun stehen und rief zu ihr herein: »Du, richt dich mal auf!«

Sie wollte erst nicht, denn sie zog gerade Mohrrüben aus der Erde für morgen mittag, aber sie mußte es doch tun.

»Warum hältst du dich so weit ab von mir?« war seine Frage. »Ich beiß' dich nicht. Ich beiß' bloß in Rindfleich.«

»Ich bin die Magd hier«, gab sie zur Antwort, »und ich habe zu tun.«

»Wenn du von Magd sprichst«, sagte er, »dann lachen die Hühner. Ich weiß am besten, wie bald du hier Herrin sein wirst.«

»Wenn du das weißt«, entgegnete sie, »dann wart hübsch, bis ich das Recht hab', mit dir zu reden.«

»Ich glaube nicht, daß dir Stummheit auferlegt ist«, sagte er, »und ich habe auch eine Bestellung an dich.«

Sie erschrak, aber sie nahm sich zusammen. »Wenn es wieder von Herrn Westphal ist«, entgegnete sie, »dann sag ihm nur, sobald die Reihe an uns ist, würde ich kommen — und früher nicht!«

Aber diesmal war es was anderes.

»Meine Mutter leidet an der Knochenkrankheit«, sagte er. »Sie hat gehört, daß du eine heilkräftige Hand hast, und bittet dich, sie ihr einmal aufzulegen. Bei der Gelegenheit könntest du dir gleich unsere Wirtschaft besehn.«

Ihr wurde ganz heiß von dem allem.

»Wer das gesagt hat von meiner Hand«, entgegnete sie, »der erfindet sich Lügen, denn ich weiß nichts davon. Aber was ich an eurer Wirtschaft zu sehen hätte, das weiß ich noch weniger.«

Damit bückte sie sich nach dem Gelbrübenbeet hinunter und sah ihn nicht mehr an.

Er stand noch eine kleine Weile, und ihr war, als fühle sie seine Blicke auf ihrer Haut, dann wünschte er »Guten Abend« und ging von hinnen.

»Mein Gott, mein Gott!« dachte sie. »Trachtet er auch nach mir?« Aber das konnte nicht sein! Würde er sich alsdann den Jurris zum Freunde ausgesucht haben?

Nach einer Weile hörte sie dessen Schritte den Mittelsteg

herabkommen, und ihr Herz flog ihm entgegen. Sie dachte: »Wie kann man einen bloß so rasch liebhaben?« Aber sie blickte nicht auf und beklopfte die Möhren nur um so fleißiger.

Er blieb hinter ihr stehen und sagte: »Kannst du dir denn gar nicht genug tun? Es ist halbdunkel und Schlafenszeit, und du arbeitest noch immer?«

Sie stand auf und wischte das Schrapmesser an ihrer Schürze ab.

»Du mußt nicht glauben«, sagte sie, »daß ich mich zeigen will vor dir oder den Eltern. Aber wenn ich daran denke, daß es vielleicht auch bald meine Erde ist, auf der ich da knie, dann wird mir der Abend zum Morgen und die Arbeit zum Spiel.«

Er sagte: »Wir haben uns immer noch nicht richtig miteinander versprochen.«

»Nein«, sagte sie, »das haben wir noch nicht.«

Und sie schickte sich an, den Korb mit den Gelbrüben ins Haus zu tragen.

Aber er nahm ihn ihr aus der Hand und führte sie den Mittelsteg weiter zu dem Eschenbaum, unter dem die Bank stand für die Mittagsruh' und für Feierabend.

Dort unter den hängenden Zweigen war es fast Nacht, und wer einen auffinden wollte, den sah man schon lang auf dem helleren Stege daherkommen.

Der Jurris stellte den Korb auf die Erde und setzte sich neben sie. Ihre Hand ließ er nicht los und nahm auch die andere dazu.

»Weißt du, was der Jozup heute gesagt hat?« begann er das Gespräch. »Wenn wir Hochzeit machen, möcht' er Brautführer sein.«

Sie konnte ihm doch nicht sagen, daß sie Angst vor dem Jozup hatte, denn ihr war ja nichts Böses von ihm geschehen, und darum meinte sie nur: »So weit ist es ja noch nicht.«

Er antwortete: »Warum nicht? Wenn du mich willst, ich will dich. Ich hab' dich schon immer gewollt.«

Und sie erwiderte: »Ich will dich gern.«

Nun saßen sie eine Weile ganz still. Sie lehnte den Kopf an seine Schulter, und er lehnte die Backe an ihren Kopf. Und sie dachte: »Warum küßt er mich immer noch nicht?«

Nicht daß sie unzufrieden gewesen wäre oder ihn für linkisch gehalten hätte, aber sie hatte so große Sehnsucht nach ihm. Darum schob sie auch den Kopf sachte, ganz sachte immer weiter nach hinten, so daß erst ihre Backe auf seiner Backe und dann ihr Mund fast ganz auf seinem Munde lag.

Da mußte er es wohl tun, und es war wie ein Schaudern und wie ein Schlag. Und wie eine ängstliche Erinnerung war es und auch wie eine neue Angst.

Aber dann kam um so stärker die Seligkeit. Sie wußte nicht mehr, wieviel von ihrer Seele und ihrem Leibe noch ihr selbst gehörte, sie wollte ihm immer noch mehr von sich schenken und immer noch mehr die Seinige sein.

Doch da schien es ihr, als höre sie irgendwo rings ein Geräusch, und es war doch niemand den Steg heruntergekommen.

Darum sprang sie auf und sagte: »Komm. Es ist nicht mehr sicher hier.« Und wünschte ihm rasch »Gute Nacht« und lief stracks nach der Klete, wo ihre Kammer gelegen war.

Aber schlafen konnte sie nicht, denn sie dachte, es würde nicht mehr lange dauern, dann würde er nachgefolgt sein. In dem Nebenraum schnarchte die Taglöhnerfrau. Derentwegen hätte er es ruhig auf sich nehmen können.

Sie horchte und horchte nach der Türklinke hin, aber die rührte sich nicht. Statt dessen war es ihr, als ob draußen im Hofe leise, ganz leise Schritte sich regten, die zwischen Wohnhaus und Klete unaufhörlich hin und her liefen.

»Der Arme!« dachte sie. »Er traut sich nicht. Ich muß es ihm leichter machen.«

Und darum stand sie auf und öffnete sacht den oberen Teil der Tür nur eine Handbreit weit. Gott sei Dank, daß der Spalt nicht größer geriet. Denn als sie den Kopf einen Augenblick durchgesteckt hatte, wurde ihr gleich offenbar, daß der, der da draußen im Sommernachtschein ruhelos umging, nicht etwa der Jurris, sondern sein Vater war, der wider Recht und Gewohnheit lauerte, damit, was sich liebte, nicht zueinanderkam.

5

Wider Recht und Gewohnheit! Gewiß. Denn wenn eine Braut, die »auf Prob'« ist, sich mit dem Bräutigam einig geworden ist, dann ziehen sie womöglich in eine Kammer, und keiner kümmert sich darum.

Aber hier geschah folgendes: Als am nächsten Vormittag der Jurris vom Felde kam, um kaltes Braunbier zum Trinken zu holen — denn draußen beim Mähen und Binden starben sie alle vor Durst —, da fand er, als er den Rückweg antreten wollte, den Vater, der sich schon gern die Ruhe gönnte, wartend im Hausflur stehen.

»Komm doch mal rein«, sagte er.

Der Jurris stellte den Topf in den Schatten, und als er in die Stube trat, was sah er da?

Der große Tisch war mit einem weißen Handtuch bedeckt.

Darauf standen zwei brennende Lichter, und zwischen ihnen lag das Gesangbuch.

Der Alte war barhaupt und hatte die Schlorren nicht an und sah furchtsam und heimlich aus.

»Nimm deine Mütze ab«, sagte er.

Der Jurris tat verwundert, wie ihm geheißen war.

Und der Vater fuhr fort: »Als die Marinke ins Haus kommen sollte, sagte ich zu dir: Kennenlernen müssen sich die Menschen, die beieinander bleiben wollen ein Leben lang. Aber erst verlangte ich von dir das Versprechen, daß du ihr nicht zu nahe kommen wolltest, solange die Hand des Pfarrers nicht auf eurem Kopfe gelegen hat. Und das gabst du mir auch.«

»Ich wußte nicht, wie das ist, Vater«, fiel ihm der Jurris ins Wort, »wenn die Braut einem so dicht nebenbei wohnt.«

»Und die Herren vom Gericht wissen es noch viel weniger«, gab der Vater zur Antwort, »sie haben von Gott eine andere Vernunft bekommen als wir. So hat es sich vor etlicher Zeit auf dem Tilsiter Schwurgericht zugetragen, daß ein alter, ehrbarer Besitzer, der sein Lebtag nicht um Haaresbreite vom Pfade der Tugend gewichen war, ein Jahr Zuchthaus — nicht Gefängnis, mein Sohn, sondern Zuchthaus — gekriegt hat, weil sein Sohn und die Braut, die auch auf Prob' war, genau wie die Marinke, unter seinem Dache zusammen geschlafen haben. Er hat geweint und geschworen, es sei alles in Ehren geschehen, denn im Herbst sollt' ja die Hochzeit sein, und zu der Aust könnt' man zwei fleißige Händ' nicht entbehren, aber unbarmherzig haben sie dem alten Mann die Ehre genommen und haben ihn eingesperrt zusammen mit Räubern und Mördern.«

»Das kann nicht sein!« rief der Jurris voll Empörung. »Das wär' ja die schlimmste Gewalttat!«

»Die Richter nennen's Gerechtigkeit«, sagte der Vater. »Nun möchte ich aber auf meine alten Tage nicht auch in das Scheuchhaus kommen, denn Aufpasser gibt es ja überall. Und weil ich gestern abend gesehen habe, daß es soweit mit euch ist, weiß ich nur zwei Wege, mich vor Angst und Unglück zu retten: entweder ich schick' sie solange zu den Eltern zurück …«

»Das geht ja nicht, Vater«, rief der Jurris entsetzt, »das würde aussehen, als wollten wir sie nicht haben.«

»… oder du schwörst mir hier auf das Heilige Gotteswort, daß du dich ihrem Leibe fernhalten wirst bis zu dem Tage der Hochzeit. Und niemand, selbst deine Mutter nicht, wird davon wissen.«

Das kam dem Jurris hart an, aber was sollte er machen? Und er schwor zwischen den Lichtern, die Hand aufs Gesangbuch gelegt, was der Vater verlangte. Und daß, wenn er den Eid verletze, Gott ihn mit Drangsal und Tod heimsuchen wolle, das schwor er auch, genau wie der Vater es vorsprach.

Und dann brachte er das warm gewordene Braunbier aufs Feld hinaus.

Die Marinke, die in Rock und Hemde schwer atmend dastand, griff nach dem Krug, als ob er ein Glückstopf gewesen wäre. Aber ihm war, als tränke sie Trübsal daraus.

Nachher zur Mittagspause, als die Mäher alle im kargen Schatten zweier Weidenstümpfe lagen, rückte er so weit von ihr ab, daß sie sich erstaunt nach ihm umsah, aber sie dachte, daß es der Leute wegen geschehe, und darum beruhigte sie sich wieder.

Auch beim Nachhausegang schritt er nicht etwa an ihrer Seite, sondern machte sich mit den kleinen Steinen zu schaffen, die in der Wagenspur lagen.

Und immer und immer wich er ihr aus, so daß sie schließlich ganz krank war.

Aber sie hatten sich ja miteinander versprochen. Darum zweifelte sie auch nicht an seiner aufrichtigen Meinung, und nur die große Sehnsucht nach ihm war es, die sie krank machte.

So kam der Montagabend heran, an dem der Enskyssche Wagen zum ersten Male wieder die Milch der fünf Wirte nach Augustenhof zu bringen hatte. Seit langem war ausgemacht worden, daß Marinke mit dem Jurris mitfahren solle, um dem Verlangen ihres früheren Brotherrn nicht länger entgegenzustehen.

Sie könne mit leichtem Herzen fahren, sagte sie zu ihrer künftigen Schwiegermutter, denn sie habe die Bücher aufs genaueste geführt, und nur ein Irrtum des Schweizers, der ihr Nachfolger war, könne schuld daran sein, daß etwas nicht stimmte.

Aber in Wahrheit war das Herz ihr schwer — wenn auch nicht wegen der Bücher.

Sie schmückte sich mit Sorgfalt, flocht bunte Bänder durch die Zöpfe und legte ein seidenes Gürtelband an, dessen Sprüche sie selber eingewebt hatte. Und wenn sie daran dachte, daß sie nun zwei Stunden lang in der roten Dämmerung mit dem Jurris allein durch die Welt fahren sollte, so verschwand alles andere, wovor ihr wohl bangte.

Aber siehe da! Als die Stunde des Einsammelns kam, war der Jurris nirgends zu finden. Die Milchgefäße der Wirtschaft standen aufgeladen, und auch die der anderen Wirte warteten sicher schon lange, aber alles Rufen nach ihm blieb vergeblich.

»Dann wirst du wohl allein fahren müssen, mein Täubchen«, sagte die Schwiegermutter.

Sie erschrak sehr und weigerte sich. Und viel mehr Tränen weinte sie, als die kleine Fahrt wert war.

Da kam auch der Alte herzu, und wie er nun einmal war, fing er sogleich zu quengeln an.

»Was machst du für ein Wesen?« sagte er. »Es scheint, daß du dich fürchtest, weil du mit Pferden nicht umzugehen verstehst.«

Das kränkte die Marinke natürlich aufs tiefste, denn den Litauer oder die Litauerin möchte ich sehen, die die Pferde nicht wie ihre Gespielen betrachten. Das Reiten und Fahren können sie alle womöglich noch früher, als sie das Gehen gelernt haben. — Darum erwiderte die Marinke auch nicht ein Wort, sondern biß nur die Lippen zusammen, stieg auf und fuhr vom Hofplatz herunter.

Der Schwiegermutter tat es leid, daß ihr Mann so häßliche Reden geführt hatte, und deshalb ging sie hinter dem Wagen her, um, wenn es sich machte, der Marinke was Tröstliches mit auf den Weg zu geben.

Aber sie holte sie nicht mehr ein, und nur von weitem konnte sie sehen, daß, als der Wagen bei den Wilkats hielt, die Alte trotz ihrer gichtbrüchigen Glieder flink auf die Achse stieg und die Marinke abbutschte, wer weiß wie sehr.

Und sie ärgerte sich noch, denn sie dachte: »Was hat die alte Wölfin ihr Maul an der Marinke abzuwischen?«

Eine Stunde später sah sie den Jurris wieder zum Vorschein kommen. Er sei auf dem Haff gewesen, nach den Aalreusen zu sehen, sagte er zu seiner Entschuldigung. Und als sie ihm Vorwürfe machte und weiter in ihn drang, erwiderte er nur noch: »Frage den Vater.«

Aber der wußte von gar nichts. Und beide Männer gingen zur Ruhe.

Sie hingegen konnte nicht schlafen, ehe die künftige Tochter wieder zu Hause war.

Darum bereitete sie das Abendbrot, setzte sich unter den Lindenbaum, ließ auch die Lampe brennen am Herd und schloß nur die Türe gegen die Mücken.

Der Mond ging auf, und der Nachtwind streichelte sie gleichwie ihr Slinka, der alte Kater. Sie wartete und wartete, aber die Marinke kam nicht.

Endlich gegen halb zwölfe hörte sie einen Wagen langsam, langsam näher knarren. Die Räder mahlten, und die Achsen schlackerten.

»Sie wird eingeschlafen sein«, dachte sie, »und die Pferde machen es sich zunutze.«

Aber als sie sie auf dem Sitzkasten sah, mit großen Augen nach dem Monde hinstarren, und dann absteigen ohne »wie geht's?« und »Guten Abend«, da wußte sie, sie hatte nicht geschlafen, sondern ihr war etwas geschehen.

Sie liebkoste sie und sagte: »Du bist müde, mein Tochterchen, darum iß einen Bissen und lege dich nieder. Ich selbst werde ausspannen statt deiner.«

Und die Marinke ließ es auch zu.

Als die Mutter hereinkam, saß sie am Herde und kaute. Aber es war, als täte sie's nur, weil man es ihr befohlen hatte.

Jetzt, da das Lampenlicht auf ihr lag, ließ sich erkennen, daß sie von Gesicht ganz weiß war, bloß daß unter den Augen zwei Flecken brannten.

Die Mutter umarmte sie und sagte: »Gestehe, was dir begegnet ist.«

Und sie erwiderte immer ins Leere hinaus: »Es hat nicht gestimmt.«

»Um wieviel hat es nicht gestimmt?« fragte die Mutter.

Sie besann sich einen Augenblick und erwiderte dann: »Mehr als fünfzig Mark sind es, die fehlen.«

Da lachte die Mutter und sagte: »Die schick' ich noch in der Frühe und lege funfzig als Zinsen dazu. Die kann sich der Wieszpaties sauer kochen.«

Und die Marinke entgegnete heftig: »Um das Geld ist es nicht. Das hat er mir gleich geschenkt. Der Verdacht ist es — die Schande ist es, daß der Schweizer nun sagen wird: ›Eine liederliche Kröt' ist vor mir im Amte gewesen.‹ Oder er sagt gar noch Schlimmeres.«

Die Mutter schalt sie, daß sie sich mit so unnützen Sorgen abgab, aber in ihrem Innern freute sie sich darüber, daß Gottes Gnade ihrem Jurris eine so rechtschaffene Frau hatte bescheren wollen.

Und sie sagte: »Morgen fahr' *ich* mit der Milch, und wenn ich deinen Herrn Westphal seh', dann sag' ich ihm ordentlich die Meinung, weil er ein ehrliches Mädchen in schändlichen Ruf gebracht hat. Ja, das werd' ich tun und fürcht' mich nicht im geringsten.«

Als sie das sagte, hatte die Marinke zuerst ein sehr erschrokkenes Gesicht gemacht. Dann aber lächelte sie ein weniges, wie man zu Kinderworten wohl lächelt. Dem Herrn Westphal trat kein Mann und keine Frau mit Vorwürfen unter die Augen. Dem nahte man höchstens mit einer Bitte im Munde.

Nicht ohne Grund nannten die Leute ihn weit und breit den »Wieszpatis«. Das heißt auf deutsch »König und Herrscher«. Und der liebe Herrgott heißt auch so.

6

Am nächsten Morgen benahm sich die Marinke fast wieder
so wie gewöhnlich.

Sie küßte der Mutter den Ärmel und gab dem Jurris die
Hand. Aber warum er sich gestern versteckt hatte, danach
fragte sie nicht. Sie fragte überhaupt nicht mehr, sondern
ging still an die Arbeit.

Die Tage verflossen.

Der Roggen kam trocken herein und Erbsen und Gerste
nicht minder. Es war ein Jahr, gesegnet, wie wenige sind.
Keine Trespe und kein Brand, nichts Ausgewintertes und
nichts Enthülstes.

»Die Laumen meinen es gut mit uns«, sagte die Mutter, »seit
das Kind bei uns wohnt.«

Und der Vater sagte: »Wenn nur nicht ... Aber das Weitere
verschwieg er.

Zwischen der Marinke und dem Jurris wurde es nie mehr
so, wie es gewesen war. Sie gingen wohl freundlich neben-
einander her und sprachen auch, was der Augenblick
brachte, aber zusammen allein zu sein, das suchte der eine
nicht und auch nicht der andere.

Und jeder grämte sich auf seine Art.

Wenn die Marinke sich unbeobachtet glaubte, dann hing sie
mit fragenden und ängstlichen Blicken an seinem Angesicht,
und er wieder ging um sie rum wie ein Dieb und scheute
sich, sie zu berühren.

Auch von der kommenden Hochzeit war nie mehr die Rede.
Höchstens daß die Mutter einmal von der Aussteuer sprach
und zu wissen begehrte, was das Elternhaus ihr wohl mit-
gab.

Der Jozup kam Tag für Tag. Wenn der Feierabend nahte,

dann war er da. Und beide Freunde saßen vorm Pferdestall und rauchten oder aßen unreife Äpfel.

Einmal, als die Marinke das Rindvieh von der Weide heimtrieb, tauchte der Jozup neben ihr auf und begann ein Gespräch.

»Hast du auch schon den Schwiegereltern das Stück Brautleinwand geschenkt«, sagte er, »und Rautenblüte hineingelegt?«

»Warum sollt' ich das?« fragte sie. »Ich bin die Magd hier und sonst nichts.«

»Das hast du mir schon einmal gesagt«, erwiderte er. »Es ist Zeit, daß du freundlicher zu mir wirst, denn ich bin drauf und dran, dir die Hochzeitsgäste zusammenzubitten.«

»Ich weiß von keiner Hochzeit«, erwiderte sie.

Er stieß ein Gelächter aus. »Aber im Leibe sitzt sie uns schon, als hätten wir Tollwasser gesoffen. Ich lieg' bis zum Morgen und denk' an die Braut und die Brautnacht und soll doch bloß der Brautführer sein. Vom Jurris red' ich nicht, der schwitzt Öl vor Angst, wenn er daran denkt, die Junggesellenschaft zu verlieren, aber du, mein Tausendschönchen, du siehst mir nicht danach aus, als ob dir sehr davor graute, über ein Heunetz geworfen zu werden. Bloß er tut das nicht, der ehrbare Bräutigam. Vielleicht nimmt er sich einen Vertreter.«

Der Weg war schmal, darum mußte sie das lästerliche Gerede anhören, und als sie es ihm gerade verweisen wollte, da kam ihr mit eins der Gedanke: »Vielleicht weiß er mehr von mir, als mir gut ist: sonst könnte er gar nicht so dreist sein.«

Und sie fürchtete sich so sehr vor ihm, daß sie nur den Kopf senkte und ihn reden ließ, was er wollte.

Auch dem Jurris sagte sie nichts, obwohl sie innerlich

wünschte, er möchte ihn mit der Peitsche vom Hof hinunterjagen.

Und bald darauf kamen Tage voll neuer Herzensangst. Die drückten noch härter als alles, was vordem gewesen war.

Sie lief von der Arbeit weg und versteckte sich in der Scheune, um in den Garben nach Brandkörnern zu suchen, sie irrte im Dorfe umher, ob nicht irgendwo ein Sadebaum sich über den Zaun hinstreckte, und ihre Füße waren verbrüht von kochendem Wasser.

Nachts lag sie auf den Knien und betete, aber bei Tage machte sie freundliche Augen, mit denen täuschte sie alle, nur die Schwiegermutter täuschte sie nicht.

Die legte eines Tages die Arme um ihren Hals und sagte: »Mein Täubchen, du bist nun bei uns schon bald sechs Wochen, und ich habe dich wohl geprüft. Wenn ich dir sage, daß ich dem Jurris nichts Besseres wünsche als dich, so weißt du, wie ich gesonnen bin. Aber uns Frauensleuten spielen die Männer oft so schlimme Streiche, daß wir ins Unglück kommen und wissen nicht wie. Darum, sollte es dir vielleicht ebenso gehen, nimm deinen Mut zusammen und suche gutzumachen, was sich noch gutmachen läßt. Auf etwas Täuschung kommt es dabei nicht an, nur muß man den Knaben liebhaben, wenn man ihn täuscht.«

Wie die Mutter diese Worte gemeint hatte, vermochte Marinka nicht zu ergründen, aber gute Wirkung taten sie doch. Denn nun hörte sie auf, in Verzagtheit am Boden zu knien, und sann darüber nach, wie sie dem Jurris wieder nahkommen könne. Leicht war es nicht, denn in den Garten ging er zum Feierabend nie mehr, und nie mehr wollte er einen Gang mit ihr machen.

Am nächsten Sonntag, so um die Dämmerstunde, hörte sie, wie er zum Alten sagte: »Ich bin schon lange nicht mehr am

Ufer gewesen, ich muß einmal nach dem Kahn und dem Schuppen sehn.«

Wäre alles zwischen ihnen gewesen wie früher, so hätte er jetzt zu ihr gesagt: »Komm mit!« und wäre mit ihr an der Hand durchs Hoftor gegangen. Aber statt dessen schlich er sich um die Scheune herum und kroch durch die Zäune und blickte verstohlen zurück, ob es auch niemand bemerke.

Da sagte sie sich: »Ich tu's.« Und ging ihm nach. Aber sie ließ eine weite Entfernung, so daß seine scharfen Augen sie nicht erkennen konnten, sonst hätte er womöglich einen anderen Rückweg genommen.

Als sie wohl eine Viertelstunde gegangen war, setzte sie sich auf den Grabenrand und wartete.

Die Dunkelheit fiel herab, und rings um sie sangen die Heimchen.

Da schämte sie sich sehr, daß sie mit schiefen Gedanken im Kopfe hinter ihm her lief. Wäre es wie früher aus großer und reiner Liebe geschehen, so hätte sie sich kein Gewissen gemacht, aber nun die Not sie zwang, kam sie sich als eine Betrügerin vor. Dabei fühlte sie wohl, daß ihre Liebe zu ihm nur noch größer und reiner war. Aber es hätte ihr keiner geglaubt. Und auch sie selber glaubte es kaum.

So verging eine geraume Zeit, da hörte sie seine Schritte näher kommen. Beinahe wäre sie jetzt noch weggelaufen, aber sie zitterte so sehr, daß sie die Kraft zum Aufstehen nicht finden konnte.

Er blieb vor ihr stehen und fragte: »Wer ist da?«

Und sie fragte: »Wie kommst *du* hierher?«

Da erkannte er sie und sagte: »Es wird dir zwar keiner was tun, aber Sitte ist es nicht, daß die Mädchen am Sonntagabend allein in den Wiesen herumlaufen.«

Sie erwiderte: »Was soll ich machen? Eine Freundin habe

ich nicht, und der, der sich um mich kümmern sollte, der unterläßt es.«

Er fragte: »Meinst du mich?«

Und sie erwiderte: »Nein, ich meine den Jozup.«

Da setzte er sich neben sie und sagte: »Du hast recht, Marinke, daß du mir Vorwürfe machst. Ich weiß, ich habe nicht gut an dir gehandelt, aber was sollte ich tun? Der Vater verlangt es so und hat mir einen schweren Eid abgenommen.«

Sie zuckte die Achseln und sagte: »Was ist ein Eid? Für dich schwör' ich fünftausend, und wenn sie zufällig falsch sind, dann lach' ich.«

Er antwortete: »Dies war kein gewöhnlicher Eid, wie man ihn etwa vor Gericht schwört. Der ging um *meinen* Tod und um *deinen* Tod, und zwei Lichter brannten rechts und links vom Gesangbuch.«

Sie sagte: »Dein Vater könnte auch was Besseres tun, als zwei Liebesleute zu ängstigen.« Und dann fragte sie ihn, ob es darum gewesen war, daß er sich bei jener Fahrt nach Augustenhof vor ihr versteckt hatte.

Er sagte: »Ja«, und sie legte den Kopf auf seine Knie und schluchzte. Sie dachte nicht mehr an das, was sie mit ihm vorhatte, nur satt weinen wollte sie sich.

Den Jurris kostete es große Mühe, sie wieder in die Höhe zu kriegen, und dann küßte er ihr die Tränen von den Backen und weinte mit ihr. Sie wollte ihm wehren, denn sie dachte: »Ich taug' ja nichts mehr«, aber sie war so glücklich, wieder bei ihm zu sein, daß sie den Mut dazu nicht fand.

Als sie heimgingen, hatte jeder den Arm um des anderen Hüften gelegt, und der Jurris sagte: »Jetzt ängstige ich mich nicht mehr vor dir, denn ich weiß, es *kann* nichts Böses geschehen.«

Das gab ihr einen Stich durch die Brust, denn es *mußte* ja etwas Böses geschehen. Heut oder nächstens. Und ob es auf Tod oder Leben ging, gleichviel.

Von neuem hub sie an, den Eid ins Lächerliche zu ziehen. Diesmal aber tat sie's mit guter Berechnung. Und sie küßte ihn wieder und wieder und merkte mit Freuden, daß er schwindlig wurde und wankte.

Als sie auf den Hof gelangten, war alles schon dunkel und still.

Er konnte sich nicht von ihr trennen, und sie dachte bereits, er würde bitten, ihn mit sich zu nehmen in die verschwiegene Stube, aber da riß er sich los und floh ins Haus, als säße der Böse ihm auf den Hacken.

Sie kniete vor ihrem Bette nieder, wie sie schon manche Nacht gekniet hatte. Und betete und rang mit sich und horchte ab und zu, ob die Klinke sich nicht bewegte.

Die Taglöhnerfrau schlief fest, aber selbst wenn die sie hörte, was tat ihr das noch?

Und dann stand sie auf. Und da er noch immer nicht kam, trat sie den schweren Gang an nach seiner Kammer.

7

Das war am Sonntag. Am Sonnabend darauf kam der Jurris zu dem Alten in die Stube und sagte: »Ich möchte dich in Gehorsam bitten, Vater, daß die Hochzeit etwas frühzeitiger stattfinden kann.«

Der Alte blickte von der Bibel auf, in der er las, und sagte: »Du hast wohl deinen Eid gebrochen?«

Und der Jurris erwiderte: »Ja, ich habe meinen Eid gebrochen.«

Da geriet der Alte in großen Zorn und rief: »Dafür strafe dich Gott!«

Der Jurris senkte den Kopf und sagte: »Gott wird mir vielleicht vergeben, denn es war gar zu schwer.«

Der Alte aber schrie: »Nein, Gott wird dir *nicht* vergeben. Ebensowenig, wie *ich* dir vergebe, daß du mich in so große Ungelegenheiten gebracht hast.« Und er lief auf den Schlorren umher wie ein Rasender.

Nach einer Weile sagte er weiter: »Natürlich muß die Hochzeit früher stattfinden. So früh als möglich muß sie stattfinden, damit nicht vielleicht hinterher ein Stein auf mich geworfen wird. Aber das sage ich dir: Kummer und Drangsal werden mit euch zu Tische sitzen, und der Tod wird hinter euch stehen, weil du den Willen Gottes so wenig geachtet hast und den Willen deines Vaters noch weniger.«

Da ging der Jurris traurig hinaus und sprach mit keinem ein Wort, nur daß er zur Marinke, die in Ängsten stand, im Vorübergehen sagte: »Er hat es erlaubt.«

Und alsbald erhob sich im Hause ein großes Rumoren, denn die Vorbereitungen zur Hochzeit sollten sogleich beginnen.

Das Aufgebot war bestellt beim Standesamt sowohl wie beim Pfarrer, und der Jozup erschien am hellen Vormittag auf einem mit Bändern geschmückten Pferde und selber mit Bändern geschmückt an Achseln und Hutrand. Dem reichte die Mutter eine lange Liste hinauf in den Sattel von allen Gästen, die zur Hochzeit zu laden waren.

Und die Marinke wurde geschickt, ihm den Festtrunk zu zapfen.

Als sie das Glas zu ihm hochhob, packte er es so gierig mit seinen Händen, daß sie die ihren nicht lösen konnte. Und so hielt er sie fest und sagte: »Wenn ich nun losreite, dann mußt du mit und kommst nicht mehr frei bis ans Ende der Welt.«

Und sie sagte erschrocken: »Dann wärst du ein schlechter Hochzeitsbitter.«

Er trank und sprengte lachend davon, sie aber fühlte seine Hände brennen bis gegen Abend.

Es war gerade die Zeit der Hafereinfuhr und des ersten Pflügens, aber beides mußte hintangestellt werden, weil es im Hause soviel zu tun gab.

Und die Leute im Dorf wunderten sich und sagten: »Die Marinke ist doch erst so kurze Zeit hier, sollten die beiden schon vorher miteinander gekramt haben?«

Es war ein Glück, daß der Alte durch keinen erfuhr, daß er gerade das Gegenteil davon erreichte, was seine Absicht gewesen war, er hätte sich sonst vielleicht den Schlag an den Hals geärgert. Der Jurris aber erfuhr's. Dem steckte es der Jozup nur allzubald.

Und obgleich im Grunde ja nichts dabei war, so grämte er sich doch immer noch mehr und dachte in seinem Herzen: »Sollte so das Unglück bereits beginnen?«

Und der Jozup bestärkte ihn noch und warf immer neue Kohlen ins Feuer.

Die Marinke hingegen tröstete ihn und sagte: »Wenn zweie sich liebhaben, für die gibt es kein Unglück und kein Verschulden, denen steht Gott zur Seite und nimmt den Eidbruch von ihrer Seele und noch viel Schlimmeres.«

Sie war nun wieder ganz obenauf, und wenn sie ihn heimlich im Arm hielt, vergaß sie alles, auch daß sie vor kurzem noch so große Angst gehabt hatte. Dabei arbeitete sie für dreie, und Töpfe und Eimer und Garben und was sie zu fassen bekam, flog wie ein Spielzeug durch ihre dankbaren Hände.

Der Jurris aber hielt's mit dem Müßiggang. Sie mochte ihm noch so viel zureden, seine Arbeit wurde nur halb getan, und wäre nicht glücklicherweise ein Scharwerker zu mieten gewesen, wer weiß, ob der Hafer nicht ins Faulen gekommen wäre. Dafür trieb er sich um so mehr auf dem Haffe herum. In einer Zeit, in der keiner, der Landwirtschaft hat, ans Fischen nur denken kann, machte er sich morgens und abends draußen zu schaffen.

Der Frühherbstregen setzte ein, und oft kam er naß bis auf die Knochen vom Ufer nach Hause. Aber im Käscher hatte er nichts. Nur auf das Draußensein kam es ihm an.

Die Marinke küßte ihm beide Hände und sagte: »Jurris, Jurris, es tut dir ja keiner was.« Aber auch das half nicht viel.

Eines Morgens wehte stark der »Aulaukis«, der Südwest, den die Fischer nicht mögen, besonders wenn Regen als Zugabe kommt.

Als die Marinke hinaussah, dachte sie: »Nun, heute wird er wohl nicht gefahren sein«, aber wen sie zum Frühstück nicht finden konnte, weder im Hof noch auf dem Felde, das war der Jurris.

Die Vormittagsstunden vergingen, und sie dachte: »Um Gottes willen, wo bleibt der Jurris?«

Und als er zum Mittagbrot noch nicht da war und auch die Mutter das Fürchten bekam, da hielt sie sich nicht länger, sondern sprang von der Mahlzeit auf und rannte hinaus und dem Strande zu.

Schon als sie quer durch die Wiesen lief, erkannte sie: das war kein Wind mehr, das war ein Sturm.

Und der Regen bohrte wie Hagelschlacken.

Die Tür des Schuppens schlug auf und zu, und der Handkahn war weg.

Vom Haffwasser war nicht viel zu erkennen, denn die Regenwolken strichen ganz niedrig darüber hin, aber die Strandwellen gingen so hoch, als wollten sie jeden auffressen, der ihnen zu nah kam, und das Rohr schrie, als hätte es eine Menschenstimme bekommen.

Die anderen Kähne waren alle zurückgeschoben, so weit, daß die Wellen sie nicht erreichen konnten, und die Marinke dachte bei sich: Jetzt muß ich hinausfahren — muß ihm entgegenfahren.

Aber wenn sie einen Kahn bis an das Wasser herangebracht hatte, dann schlugen die Wellen ihn sofort zur Seite, so daß er beinahe kieloben lag.

Da sah sie ein, daß ihr Wille voll Unvernunft war und daß sie davon nur den Tod haben würde.

Und sie warf sich im nassen Sand auf die Knie, wie sie es jüngst vor ihrem Bette oft getan hatte, und dachte es durch Beten zu zwingen.

Aber kein Kahn kam aus den Regenwolken gekrochen, und keine Menschenstimme rief: »Da bin ich.«

Ja, *eine* Menschenstimme war da. Ganz plötzlich schallte sie ihr in die Ohren und sagte: »Was machst du da?«

Und diese Stimme gehörte dem Jozup.

Da vergaß sie alles, was sie gegen ihn auf dem Herzen gehabt hatte, und hob die gefalteten Hände zu ihm auf und flehte ihn an, er möchte mit ihr hinausfahren. Für sie allein sei es zu schwer. Aber zusammen würden sie ihn schon finden.

Der Jozup fragte: »Seit wann ist er fort?«

Und sie erwiderte: »Seit in der Frühe.«

Da lachte er bloß und sagte: »Dann ist er längst wieder an Land und sitzt verschlagen wer weiß wo.«

Aber sie glaubte ihm nicht. Und er fuhr fort: »Denkst du denn, daß Menschen sich acht Stunden lang in so 'nem Wetter draußen herumtreiben können? Oder sich erst den Platz aussuchen zum Landen? Da ist es jedem egal, wo ihn der Sturm an den Strand wirft. Du aber komm ins Trockene, denn dir klappern ja alle Glieder.«

Und er führte sie in den Schuppen und schlug die Tür hinter sich zu, so daß sie fortan im Halbdunkel waren.

An den Wänden hingen die Netze, und über das Heu, das im Winkel lag, war der Mantel des Jurris gebreitet. Da hielt er sich wohl öfters versteckt, wenn alle ihn suchten.

Und sie streichelte den Mantel mit ihren erklammten Fingern und küßte den Saum und sagte: »Komm doch wieder! Komm doch wieder!«

Aber weinen konnte sie nicht mehr, denn sie hatte schon alle ihre Tränen verschüttet.

Der Jozup stand daneben und biß sich die Lippen. Und dann sagte er: »*Warum* soll er eigentlich wiederkommen? Es sind ihrer genug da, die bloß auf dich warten.«

Da drehte sie sich um und spie nach ihm.

»Warum speist du mich an«, sagte er, »da ich doch einstmals dein Mann sein werde?«

Und sie sagte: »Laß mich hinaus. Ich habe schon lange gewußt, was du für einer bist.«

Aber er drückte sie auf den Mantel zurück, und indem er ihre Hände hielt wie in Klammern geschroben, sagte er folgendes: »Du betest da immerzu, er möchte doch wiederkommen, aber wenn ich jetzt als sein Freund mein Gebet mit dem deinen vereinigen wollte, dann würde es lauten: Er soll *nicht* wiederkommen. Wenigstens als Lebendiger nicht. Und darum gehörst du schon mir, und das will ich dir gleich beweisen.«

Sie rang mit ihm und schrie: »Vergreife dich nicht an mir, denn ich trage ein Kind von ihm!«

Aber er lachte sie aus: »Du willst ein Kind von ihm tragen? Hat er mir doch oft genug von dem Eid vorgeklagt, den er dem Vater hat ablegen müssen. Der Schlappschwanz kehrt sich an Eide! Ich aber kehr' mich an nichts und will tausend Tode sterben, wenn ich dich kriegen kann.«

Und sie rang weiter mit ihm und schrie: »Ich trage ein Kind von ihm!«

Und er sagte mitten im Ringen: »Wenn es die Wahrheit wäre, daß du ein Kind trägst, dann ist es nicht von ihm. Gott wird schon wissen, von wem es ist.«

Da brachen ihr die Arme mit einmal entzwei, und sie fiel hintenüber und wußte von nichts mehr.

Als sie sich wieder aufrichtete, stand die Tür offen, und niemand war da außer ihr.

Unter ihr lag noch immer der Mantel des Jurris. Den streichelte sie von neuem und küßte den Saum, aber sie dachte dabei: »Mir ist ganz recht geschehen.«

Und sie betete nun auch nicht mehr, er möchte wiederkommen.

Hätte sie ein Gebet gehabt, so würde es gelautet haben wie das von Jozup: »Er soll *nicht* wiederkommen.«

So ohne Mut und so voll Scham war ihre Seele.

8

Im nächsten Frühling bekam die Marinke einen Knaben. Der sollte einmal die Enskyssche Wirtschaft erben, denn außer weitläufiger Verwandtschaft war keiner als Erbe da.

Die Marinke war den Winter über im Haus geblieben und durfte um den Ertrunkenen trauern, als ob ihn der Pfarrer ihr angetraut hätte. Und niemand in der Gegend nahm Anstoß daran, denn die Hochzeit war ja bestellt gewesen. — Bloß daß nun sein Begräbnis daraus wurde.

Und die Enskene, die beinahe ihre Schwiegermutter geworden wäre, ehrte sie wie ihres Sohnes leibliche Frau, ja selbst der Alte war immer gut zu ihr, aber das geschah um des Enkelsohnes willen, den er von ihr erwartete.

Vor den Gerichten hatte er keine Angst mehr, denn er fühlte sich durch den Eid, den er dem Sohn abgenommen hatte, hinreichend gesichert auch über dessen Tod hinaus.

Der Jozup war während des ganzen Winters nur dann im Hause zu sehen gewesen, wenn er die Milch abholte, und Marinke hatte sich wohl gehütet, ihm zu begegnen.

Aber einmal geschah es doch. Sie kam gerade vom Melken, da stand er breit in der Stalltür. Hinter ihr ging mit den Eimern die Magd. Um derentwillen mußte sie tun, als ob nichts vorgefallen war.

Er bot ihr die Hand und sagte: »Ich halte mich fern von dir, aber wenn die Zeit gekommen ist, wirst du ja wissen, wo du hingehörst.«

Und ohne Widerspruch ging sie an ihm vorüber, denn daß sie ihm verfallen war, daran zweifelte sie nicht.

Und so sehr hatte sie sich an den Gedanken gewöhnt, daß sie die alte Wilkene, die das Haus bisweilen besuchte, bereits als zukünftige Schwiegermutter betrachtete.

Aber freundlich war die durchaus nicht mehr.

Wenn sie an ihrem klappernden Stock über den Hof gehumpelt kam, gab es der Marinke stets einen Stich durch das Herz, und sie dachte in ihrem Innern: »Bin ich erst in dem Wolfsnest drin, dann werde auch ich das Hemd auf den Schultern mit meinen Tränen waschen.« Denn so heißt es in dem alten Liede.

Manchmal kam ihr wohl der Gedanke, sich nach der Entbindung ins Elternhaus zurückzubegeben, aber wie man sie aufnehmen würde, wenn sie mit dem Kinde auf dem Arm um Unterkunft bat, daran gab's nicht den mindesten Zweifel. Der Jozup hätte sie auch von dorther geholt.

So neigte sie sich also in Demut vor dem kommenden Schicksal, und die bösen Augen der Alten machten ihr angst.

Eines Tages sagte die Mutter zu ihr: »Was will die alte Wölfin immer von dir? Du willst ja nichts von ihr.«

Aber was der Jozup wollte, davon ahnte sie nichts.

Und eines späteren Tages — der kleine Jurris mochte acht Wochen gewesen sein —, da kam er in Sonntagskleidern zu ungewohnter Stunde und setzte sich neben die Wiege, die gerade ohne Aufsicht neben der Haustür stand.

Die Mutter, die heraustrat, erschrak sehr, denn beim ersten Blicke hatte sie den Mann, der sich tief über das schlafende Kleine beugte, gar nicht erkannt.

Er richtete sich auf und sagte: »Der Tote ist mein Freund gewesen, und ich habe sein Kind bis heute noch nicht gesehen.«

Und die Mutter sagte: »So sieh es dir ordentlich an.«

Aber er tat nichts dergleichen, sondern fragte sogleich: »Habt ihr auch schon daran gedacht, ihm einen Vater zu geben?«

»Sein Vater liegt im Grabe«, sagte die Enskene, »und einen anderen braucht es nicht.«

»Nun, da wird seine Mutter wohl auch noch ein Wort mitzusprechen haben«, entgegnete er, »oder glaubt ihr, daß ihr sie ihr Leben lang als Magd bei euch behalten könnt?«

»Das Kind in der Wiege«, sagte sie, »wird künftig einmal Herr auf diesem Hofe sein, und die du meinst, halt' ich wie

140

meine Tochter. Im übrigen glaube ich nicht, daß dich dies alles was angeht.«

»Dies geht mich nur insoweit was an«, erwiderte er, »als die Marinke demnächst meine Frau werden soll.«

Die Enskene erkannte sogleich, wie wenig Macht ihr über die einstige Braut ihres Sohnes gegeben war.

Aber sie wollte es ihm nicht zeigen, und darum sagte sie: »Deine Werbung ist mir so willkommen, daß ich Lust hätte, meinen Mann zu rufen, damit er dich von dem Hofe weist.«

»Ich habe gar nicht geworben«, entgegnete er, »denn ihr Vater wohnt ja woanders.«

Da gab sie sich drein, setzte sich ihm gegenüber und weinte.

Und er wartete schweigend, bis die Marinke vom Felde kam.

Die Mutter ging ihr entgegen und sagte: »Schick ihn fort, so daß er nie wiederkommt.«

Sie getraute sich nicht, ihn anzublicken, wünschte ihm kaum »Guten Tag« und nahm dann das Kind aus der Wiege, um es zu stillen.

»Da hast du ja ein schönes Kind«, sagte er, »und ich will hinfort sein Vater sein.«

Sie neigte den Kopf und entgegnete leise: »Kannst du nicht wenigstens warten, bis die Trauerzeit um ist?«

Da rang die Mutter die Hände und schrie: »Du ermunterst ihn ja!«

Sie antwortete nichts, sondern hakte die Wiste auf und reichte dem Kind die Brust.

»Pfleg es mir gut«, sagte er mit einem Lachen und schritt nach dem Hoftor.

Von nun an gab es trübe Tage im Hause. Die Mutter weinte,

der Alte schalt, und beide verlangten, sie solle nicht von ihnen gehen.

»Hier hast du's wie eine Prinzessin, aber dort in dem Wolfsnest werden die Wölfe dich fressen mit Haut und Haar.«

So ging das Lied immerzu.

»Oder glaubst du, sie werden dir jemals verzeihen, daß das Kind dem Jurris sein Kind ist? Jetzt wird ja offenbar, warum die Alte dich anglupt, als schlepptest du ein ganzes Gehetz von Bankerts mit dir herum.«

So ging eine andere Weise.

Die Marinke sagte nur immer: »Habt Geduld, bis die Trauerzeit um ist.«

Der Alte aber war nicht faul, sondern fuhr zum Rechtsanwalt zweimal in der Woche, denn er wollte den Enkelsohn in den Händen behalten.

Als der Todestag des Jurris sich eben gejahrt hatte und sein Grab von frischen Blumen noch voll war, erschien der Jozup von neuem auf dem Hofe.

Diesmal hatte er es so einzurichten gewußt, daß er die Marinke allein sprach.

Sie kam mit einem Wäschekorb von der Bleiche und lief ihm gerade in die Arme.

»Ich habe deinem Willen nicht entgegengestanden«, sagte er, »und Geduld bewiesen ein Jahr lang. Aber nun ist sie zu Ende, und darum frage ich dich: Wann wirst du mir das Jawort geben?«

Sie schaute sich um, wie sie der Antwort entgehen könne, aber niemand war weit und breit.

»Deine Mutter ist mir böse gesinnt«, sagte sie. »Und du wirst zu ihr stehen gegen mich.«

»Meine Mutter ist dir böse gesinnt«, entgegnete er, »weil sie sich ärgert, daß du ein fremdes Kind ins Haus bringen wirst.

142

Daß es mein eigenes ist, darf sie nie erfahren, sonst würde sie's ausschreien bis hinter Prökuls.«

»Es ist auch nicht dein eigenes!« rief sie. »Das weißt du, und wenn du es nicht weißt, dann schwör' ich es dir.«

Aber er lachte sie aus. »Der gute Jurris ist tot«, sagte er. »Darum will ich so tun, als hättest du recht. Wenn du aber denkst, ich würde zu ihr stehn gegen dich, dann kennst du mich falsch. Ich bin nach dir ausgewesen wie ein Verrückter, seit ich dir auf Augustenhof die erste Kanne vom Wagen gab. Ich habe mit meiner Mutter die Sache beredet bei Tag und bei Nacht, aber die verfluchten Enskys sind fixer gewesen als ich. Ich hab' ihnen den Hof anzünden wollen über dem Kopf, — ich habe dem Jurris — na, nun ist egal, was ich wollte mit deinem Jurris. Aber hast du dir nie gedacht, warum ich da saß Abend für Abend neben ihm auf der Deichsel? Hast du geglaubt, daß ich ein Augenschmeißer bin und weiter sonst nichts? Ich hab' kein Wort von meinem Zustand zu dir geredet, denn schaliges Bier lieb ich nicht, und den Bettler beißen die Hunde. Aber das hättest du wissen müssen, daß du mich entzweischneiden kannst mit dem Hackmesser, ich würde noch nicht den Finger heben gegen dich. Ich sollte zur Mutter stehn gegen dich? Ja, Marjell, was dachtest du von mir!«

Wie er das sagte, geschah es zum ersten Male, daß sie ihm recht in die Augen sah. Und es war, als spritze Feuer daraus, und es war, als sei eine Wendezeit gekommen und jage sie auf unbetretene Wege.

Ihre Seele wand sich vor ihm und konnte seinem Willen doch nicht entweichen.

»Die Eltern werden es nicht zugeben«, sagte sie, um doch etwas zu sagen.

»Welche Eltern? Deine oder dem Jurris seine?«

»Meine sind froh, wenn sie mich los sind«, entgegnete sie,
»aber diese hier lassen mich nicht mehr weg.«

»Wenn der Habicht kommt, fliegt selbst die Krähe vom Ne-
ste, und um zwei solche Grasmücken sollt' ich mich kümmern?«

»Sie haben das Kind zum Erben bestimmt. So ein Glück
kommt nicht wieder.«

»Ich habe ihm auch einen Hof zu vererben, wenn ich das
will.«

»Hier geht es nicht nach deinem Willen, das weißt du sehr
gut. Denn eigene Kinder kommen zuerst.«

Der Jozup war rasch von Begriffen. Er sah gleich ein: wenn
er nicht drohte, kam er zu nichts.

»Na gut«, sagte er, »dann muß ich doch wohl meiner Mutter
erzählen, was zwischen uns passiert ist an jenem Sturmtag,
als dem Jurris sein Kahn koppheister schoß. Was weiter ge-
schieht, dafür wird sie dann schon sorgen.«

Die Marinke sah vor sich nichts als Schmach und Beschmutz-
ung. Und auch des Jurris Andenken würde beschmutzt
sein bis in die Ewigkeit. Darum wurde sie stark in ihrer
Schwäche und sagte: »Ein Eid gilt dir nichts« — daß er auch
ihr einmal wenig gegolten hatte, daran dachte sie nicht —,
»und so schwör' ich erst gar nicht. Aber was ich jetzt sage,
das ist so wahr, wie daß der Jurris nicht wiederkommt.
Wenn du mich heiraten willst, so werd' ich nicht widerste-
hen und werd' auch das Kind bei mir behalten, bis wir beide
ein eigenes kriegen. Dann muß es zu denen zurück, die es
beerben wird. Sagst du aber deiner Mutter oder sonst einem
auf der Welt, was du mir angetan hast, dann nehm' ich mir
am selbigen Tage den ersten besten Kahn von denen, die am
Ufer stehen, und fahre hinaus und komme nicht anders wieder, als einstmals der Jurris kam. Nun weißt du's.«

144

Damit hob sie den Wäschekorb auf und schritt an ihm vorüber dem Hofraum zu.

Er aber hatte seinen Willen. Und was heute noch daran fehlte, das mußte die Zukunft ihm bringen, wenn die Marinke erst ganz in seiner Gewalt war.

Am nächsten Vormittag kam die Alte auf Freischaft.

Sie sah noch böser, noch verdrossener aus, und als sie die Marinke küßte, war's ihr, als gösse der blankzähnige Mund ein Gift über sie aus.

Aber sie widerstand nicht mehr.

Mochte die gute Mutter ihr auch weinend Rücken und Hände streicheln, mochte der gnitschige Vater ihr ein Viertel von seinem Vermögen versprechen — sie blieb fest. Und auch was mit dem Kinde werden sollte, bestimmte sie nach ihrem Willen.

Der alte Enskys hatte schon alles besorgt, was nötig war, um den Enkel an eigener Kindes Statt anzunehmen, aber das durfte nun erst in Kraft treten, wenn Marinkes Leib von neuem gesegnet war. Bis dahin sollte der Kleine bei seiner Mutter verbleiben, und der Jozup durfte die Vaterrechte ausüben, wie jeder Stiefvater es tat.

So wurde es festgemacht, und niemand sagte mehr nein.

9

Die Hochzeit wurde bald nach dem Erntedankfest gefeiert, die alten Enskys hatten sie ausgerichtet, besser noch, als ob die Marinke ihres Sohnes richtige Frau gewesen wäre. Wer einen Stein auf ihre Sittsamkeit hatte werfen wollen, dem fiel er nun aus der Hand. Und die alte Wölfin grollte und kicherte höhnisch in sich hinein.

Am Morgen des ersten Tages — lange vor Sonnenaufgang — war Marinke auf den Kirchhof gegangen, um von dem Grabe des Jurris Abschied zu nehmen, denn daß ihre Gänge hierher von nun an nicht mehr gern gesehen sein würden, das ahnte sie wohl. Sie betete und stärkte sich für das schwere Leben, das vor ihr lag. Auch bat sie ihm noch einmal alles Unrecht ab, das sie ihm im geheimen angetan hatte und wodurch er auch schließlich zu Tode gekommen war.

Sie wußte, daß ihr künftiges Dasein wohl nichts als eine große Buße sein würde, und die nahm sie auf sich mit Freuden.

Am frühen Vormittag kamen ihre Eltern angefahren. Auch die zwei erwachsenen Brüder fanden sich ein, die waren zu Pferde gekommen.

Obgleich alle vier sie oftmals herzten und küßten, erschienen sie ihr nur wie weitläufige Verwandte. Sie hatte sie ja auch seit Jahren kaum noch gesehen.

Die Stiefmutter, deren Mißgunst sie einst von hinnen getrieben hatte, schämte sich ein wenig, daß die Hochzeit nicht im Vaterhause ausgerichtet worden war, und erzählte jedem, mit dem sie bekannt wurde, es wäre nur der weiten Entfernung wegen nicht geschehen und außerdem, weil die Eltern des verstorbenen Bräutigams durchaus darauf bestanden hätten, das Fest an Ort und Stelle zu feiern. Und noch drei oder vier sonstige Gründe führte sie an.

Der Vater hatte das Heiratsgut gleich mitgebracht und trug den Beutel mit den vielen Goldstücken immer in der Hand. Er blickte bei jeder Gelegenheit nach der Stiefmutter hinüber, und man erkannte wohl, daß er keinen anderen Willen besaß als den, den sie ihm eingab.

Sobald sie eingesehen hatte, daß die Marinke in diesem Hause wie eine Tochter geehrt wurde und die Gefahr, sie könne vielleicht einstmals hilfesuchend bei ihr anklopfen, nicht bestand, trat sie an sie heran, umarmte sie und sagte so laut, daß die Enskene es hörte: »Du wirst hoffentlich dessen gedenk sein, meine Tochter, daß du in deinem Elternhause eine Zuflucht hast und keine Fremden brauchst, dich zu beschützen.«

Und die Enskene erwiderte darauf: »Ebenso wirst du hoffentlich dessen gedenk sein, meine Tochter, wer eigentlich die Fremden sind.«

Obgleich die Stiefmutter durch diese Gegenrede gedemütigt wurde, schwieg sie ganz still, denn sie hatte erreicht, was sie wollte.

Das Kind begehrte keiner von der Familie zu sehen, und es wurde ihnen auch nicht gezeigt.

In der Kirche sah die Marinke den Jozup an diesem Tage zum ersten Male, denn es war damals in manchen Orten noch Sitte, daß Braut und Bräutigam — jeder mit seinem Anhang — gesondert zur Kirche fahren und nicht früher zueinandertreten, als bis der fromme Gesang zu Ende ist und der Pfarrer vor dem Altare steht, den Segen über sie zu sprechen.

Auf der rechten Seite saßen die Brautgäste, und die auf der linken, die zu dem Bräutigam gehörten, sahen feindlich herüber.

Die hatte die Alte schon alle aufgehetzt, weil die Marinke keinen Rautenkranz trug, sondern bereits das dunkle Frauentuch angelegt hatte, das ihre blonden Haare umschlang und verdeckte.

Und das kam daher, daß sie eine Entweihte war, wie die alte Wölfin jedem zuraunte, der es längst wußte und nichts dabei gefunden hatte, bis die Verachtung so in ihm wach wurde.

Der Jozup sah und hörte nichts von alledem. Er starrte bloß

immer mit einem wilden und freudigen Leuchten des Auges zu der Marinke hinüber, als wollte er ihr zurufen: »Hab' ich dich endlich?«

Und sie neigte den Kopf in Ergebung, als müßte sie ihm erwidern: »Ja, nun hast du mich ganz.«

Und als der Pfarrer hernach das Jawort von ihr verlangte, sprach sie es so hell und deutlich, als hätte statt des Jozup der Jurris an ihrer Seite gestanden.

Die Enskene aber schluchzte hell auf. Auch sie gedachte dessen, der in der Erde lag.

Die alte Sitte hierorts verlangt, daß Braut und Bräutigam vom Kruge aus, wo die Trauung begossen wird, ein jeder gesondert nach Hause fahren, um erst am zweiten Tage der Feierlichkeiten fürs Leben zusammenzukommen, aber der folgte man nicht mehr, sondern schlug, wie es jetzt immer üblicher wurde, gemeinsam den Weg zur Brautwohnung ein.

Der Jozup saß neben seiner jungen Frau. Er sprach nicht zu ihr und sah sie nicht an, aber wenn beim Fahren ihre Achsel gegen die seine schlug, zitterte er wie ein Kranker, so daß ihr angst und bange wurde. Und noch bänger wurde ihr, wenn sie sich umwandte und auf dem zweiten Wagen die Alte sitzen sah, die die Lippen eingekniffen hatte und deren Blick sie durch und durch stach.

»Er wird mich mit seiner Liebe fressen«, dachte sie, »und die Alte mit ihrem Haß.«

In dem Hochzeitshause war alles aufs beste gerichtet. Die Türrahmen mit Gewinden umgeben und Ehrenpfosten bis an das Hoftor. Die Tische konnten all die guten Gerichte nicht fassen. Da gab es Rindfleisch mit Reis und Pflaumen mit Klößen, auch Schweinebraten gab es und Neunaugen, gewürzt und gesäuert. Und noch vieles andere mehr, von dem süßen Fladen gar nicht zu reden. Zum Trinken war da: Braunbier und Alaus und Kirschen- und Kornschnaps — alles sehr reichlich.

Im Brautwinkel, wo neben dem jungen Paare die vornehmsten Gäste sitzen, stand sogar in hochhalsigen Flaschen der teure Portwein, der war aus Memel extra verschrieben.

Aber allen diesen Herrlichkeiten zum Trotz wollte eine behagliche oder gar freudige Stimmung nicht aufkommen. Die Verwandten des Bräutigams hielten sich abseits von den Verwandten der Braut, giftige Blicke flogen hin und her, und wer beiden Seiten freundlich gesinnt war, der sah mit Sorge, daß, wenn das Haderwasser erst seinen Dienst tat, giftige Reden nachfolgen würden.

Zum Überfluß hetzte die alte Wilkene noch immer. Ihr Sohn habe was Besseres verdient, als Jungfernkinder großzuziehn, und niemandem könne es als Ehre gelten, auf einer Hochzeit zugegen zu sein, bei der die Brauteltern, anstatt sie auszurichten, sich als Gäste breitmachen.

Die beiden Wirtsleute mühten sich umsonst, den drohenden Sturm zu verscheuchen. Die gute Mutter schleppte Teller und Gläser, als wäre sie die letzte der eigenen Mägde, und wie mißtrauisch der Alte auch sonst die Schätze seiner Truhen hütete, heute öffnete er die Deckel weit und verteilte Handschuhe und Handtücher in Menge, selbst seidengewebte Jostbänder verteilte er. Die lagen seit hundert Jahren in dunklem Verstecke.

Aber nichts wollte helfen. Die Magila, die Göttin des Zornes, saß schon im Rauchfang, und fuhr sie hernieder mit Ruten und Peitsche, dann wehe!

Die arme Marinke traute sich nicht mehr zu reden, zu lächeln, und der Jozup saß da mit eingekniffenen Fäusten und

Augen, die flammten nach rechts und nach links, als wolle er bald dem, bald jenem stracks an den Hals.

Und immerzu ging des Getuschel der Alten. Wie ein Messerstich hierhin und dorthin flog schon ab und zu ein häßliches Wort durch die eingetretene Stille.

Wäre der Pfarrer zugegen gewesen, dann hätte sich wohl alles anders gestaltet. Er war ja auch geziemend geladen, aber er hatte gleich abgesagt, und jeder mochte sich denken, weshalb.

Als einziger Deutscher saß der Lehrer unter den Gästen, aber der war noch sehr jung und besaß nicht Ansehen genug, die Seelen sich untertänig zu machen.

So konnte das Unheil weiter gedeihen.

Einer der Nachbarn, sonst ein verträglicher Mann, der harmlos gekommen war, sich zu vergnügen, hob mit einem Male sein Glas und rief zu dem Brautvater hinüber: »Du — prost auf die billige Hochzeit!«

Das gab natürlich den Anstoß zu bösem Gelächter. Der alte Tamoszus sprang auf und wollte dem Höhnenden sein Glas an den Kopf werfen, andere fielen ihm in den Arm, ein großes Lärmen hub an, das Schlimmste schien nun gekommen.

Da geschah etwas, was niemand geahnt oder für möglich gehalten hätte.

Wäre der Herrgott vom Himmel herniedergestiegen, um Frieden zu stiften, keiner hätte sich mehr gewundert als jetzt.

Und es war ja auch eine Art von Herrgott, ein »Wieszpatis« war es, der sich selber bemühte.

Wer kannte nicht die zwei weißen Trakehner, die plötzlich herangebraust kamen? Wer kannte nicht den Mikas auf dem Bock mit der Mardermütze und der rotsamtenen Troddel?

Wer kannte nicht das Lacklederverdeck mit den silbernen Bügeln?

Und wer kannte nicht den Mann, der fünf Fuß zehn Zoll hoch mit blitzendem Auge unter buschigen Brauen und auseinandergestrichenem dunklem Barte schwer und gewaltig den blautuchenen Polstern entstieg, um sich dann umzuwenden und einer Dame im seidenen Schleier und seidenen Mantel aus dem Innern zu helfen?

Ja, wenn *der* zur Hochzeit kam! Der und die Frau, die alle liebten, wie man einstmals die Milda geliebt hat, die Göttin, die nicht bloß schön war, sondern in ihrem Gutsein sich auch zu den Demütigen neigte!

Wenn *das* geschah, dann gab es nicht Hadern mehr und nicht Hochmut. Dann gab es keine Entweihte mehr mit dem Frauenkopftuch, da wo der Rautenkranz und die silberne Krone hingehört hätten. Dann gab es nur Frieden und Glück und Geehrtsein.

Alle, die vor der Tür und im Hausflur tafelten, erhoben sich stumm von den Sitzen, und so betraten beide suchend die Stube, in der sein Kopf die Decke durchstoßen hätte, wenn er sich ganz hätte aufrichten wollen. Auf den Brautwinkel gingen sie zu und gaben der Marinke freundlich die Hand, die blutübergossen und stumm den Blick auf die Dielen geheftet hielt.

Und auch den Jozup begrüßten sie — glückwünschend, daß er solch eine Frau, deren Wert sie ja kannten, sich zu eigen genommen. Und dann begrüßten sie die Wirtsleute wie alte Freunde, und sie, die Herrin, wechselte einen ernsten Blick mit der Mutter, den nur sie beide verstanden und die Marinke, die gerade erst aufzusehen wagte.

Ihre Stiefmutter, die eine ansehnliche und immer noch hübsche Frau war, drängte sich vor, um auch einen Gruß zu bekommen, aber die Herrschaften achteten ihrer nicht mehr, als ob sie ein Unkraut gewesen wäre.

Und auch die alte Wilkene erkannten sie nicht, oder vielleicht wußten sie gar nicht, daß eine Bräutigamsmutter noch da war.

Dann setzten sie sich dem jungen Ehepaar gegenüber, und er, der Wieszpatis, zog einen Kasten unter dem Arme vor und reichte ihn hin. Der war innen mit Seide gefüttert, und auf der hellblauen Seide lagen silberne Messer und Gabeln und Löffel, die kosteten hundert Taler und mehr. Das war sicher.

Noch niemals hatte man jemand gekannt, dem zur Hochzeit solch eine Gabe beschwert worden war.

Und der Herr sagte: »Ihr alle sollt daraus erfahren, wie treu die Marinke mir einstmals gedient hat und wie hoch meine Frau und ich ihre Dienste heute noch schätzen.«

Sie aber, die Herrin, sagte auf deutsch, denn Litauisch konnte sie nicht: »Es muß ein besonderes Glück für Sie sein, Herr Wilkat, daß sie dem Kindchen Ihres toten Freundes den Vater ersetzen dürfen.«

Da fuhr die Marinke erschrocken hoch, denn des Kindes war heute noch niemals von einem gedacht worden.

Und die Herrin fragte: »Kann man es sehen, Marinke?«

Da lief die Mutter Enskys rasch in die Kammer, wo die Wiege versteckt war, und brachte es angetragen in seinem rotbunten Kissen.

Und die Herrin nahm es auf ihre Arme und schaukelte es und sagte: »Ein hübsches Jungchen. Es ähnelt dem Vater, soweit ich mich an ihn erinnere. Findest du nicht auch, John?«

Der Wieszpatis wollte das gleiche aussprechen, da gewahrte er, daß die Augen der Marinke sich auf ihn richteten mit einem Blicke so voller Inbrunst und Angst, daß er ganz stutzig wurde, und darum nickte er nur bedächtig und nachsinnend vor sich hin. Nachdem sie dann ein Glas Wein auf das Wohl des jungen Paares geleert hatten, nahmen die Herrschaften freundlichen Abschied und fuhren von dannen.

Das Kind und das Silberbesteck aber gingen noch lange Zeit bei den Gästen von einem Schoß auf den andern und wurden abwechselnd bekuckt und bewundert.

Und nur die alte Wilkene, die murmelnd und kichernd draußen herumlief, wollte von beiden nichts wissen.

10

Das Gehöft, das die Leute das »Wolfsnest« nannten, lag ein wenig abseits vom Dorfe und war gewiß die stattlichste Wirtschaft unter den fünfen, denen man Hochachtung schuldete. Aber man sah nicht viel davon, denn es war auf drei Seiten von einem Erlengehölze so dicht umgeben, daß man höchstens bei Nacht die Lichter durchschimmern sah.

Was darinnen vorging, blieb jedem Nachbarn verborgen. Und nur wer von der Landseite herfuhr, gewahrte die roten Ziegeldächer, die als Wahrzeichen des Wohlstandes selbst Stall und Scheune bedeckten.

Wer durch das Gittertor eintrat, wurde erst recht überrascht durch die schönen Maschinen, die auf dem Hofe der Reihe nach standen.

Hier die Wirtin zu sein, mußte jede mit ehrfürchtigem Stolz erfüllen, die auf Arbeit hielt und auf Ordnung.

Die Marinke fand sich rasch in das neue Leben, und war sie von Kindesbeinen an fleißig und tüchtig gewesen, wie hätte sie's hier nicht sein sollen, wo sie auf eigenem Boden stand?

Das erkannte voll Ingrimm sogar die Schwiegermutter an, wenn sie vom Fenster der Altsitzerstube aus, bereit zu Tadel und Zank, das Wirken der Hausfrau verfolgte. Und sie hütete sich wohl, sich an ihr zu vergreifen oder den Sohn gegen sie aufzubringen. Beides versparte sie sich auf günstigere Zeit. Nur daß sie niemals zur Mahlzeit erschien und ohne Gruß aus und ein ging.

Die Marinke kümmerte sich nicht viel um ihr feindseliges Benehmen, denn sie hatte ja Schlimmeres erwartet. Wie Jozup sich stellen würde, wenn es zwischen ihr und der Alten zu offenem Zwiste kam, das wußte sie nicht. Ob er ihr auch in heißer Liebe zugetan war, der Mutter würde er doch wohl nicht unrecht geben, denn er mußte ihr ewiglich dankbar sein, weil sie ihn in der Erbfolge den älteren Brüdern vorgezogen hatte. Der eine war Schutzmann in Berlin, und der andere stand kurz vor dem Versorgungsschein. Schreiben taten sie beide nicht mehr.

Mit dem Jozup war's eine eigene Sache. Manchmal, wenn er dasaß und sie ansah halbe Stunden lang, ganze Stunden lang, ohne ein Wort zu reden, und sie gleichsam aufzehrte mit seinen schwarzen Rauschbeerenaugen, dann dachte sie innerlich schaudernd: »Das ist zuviel, das darf nicht sein, das geht wider Gottes Macht und Willen.«

Und wenn er bei ihr lag und zitterte vor allzugroßer Liebe und ihr nicht nahezukommen wagte, dann dachte sie wieder: »Das ist die Strafe, weil er sich an dem Jurris vergangen hat.« Bis er sich dann auf sie stürzte wie ein wildes Tier, so daß *sie* nun zitterte vor seiner allzugroßen Liebe. Und manchmal dachte sie dabei: »Vielleicht ist er wirklich ein Werwolf und heißt nicht bloß so.« Aber dann warf sie die

Furcht wieder ab und tröstete sich: »Das kommt bloß daher, daß er zu lange nach mir begehrt hat und ganz ohne Hoffnung gewesen ist. Und nun kann er's noch immer nicht fassen.«

Und dann war es ihr manchmal, als könnte sie ihn mit der Zeit auch wiederlieben. Aber ihr Herz war immer noch auf dem Kirchhof, dort, wo der Jurris lag. Und hätte sie sich getraut, ab und zu an das Grab zu gehen, ihr wäre manches leichter geworden.

Auch auf das Kind übertrug der Jozup seine wilde Liebe. Ob es sein eigenes war oder nicht, darüber hatten sie beide nicht mehr geredet, und Marinke war wohl darauf bedacht, ihm seinen Glauben zu lassen, denn sie wußte, wenn's anders käme, würd' es ihr schlecht gehn.

Er nannte den Kleinen auch nicht »Jurris«, wie er getauft war, sondern »Wilkiutis« oder »Wilkytis«, was gar kein christlicher Vorname ist, sondern das »Wölfchen« bedeutet. Und er war ganz zornig, wenn die Dienstboten nicht taten wie er. Nur die Marinke durfte seinen wirklichen Namen noch in den Mund nehmen, aber schließlich brachte sie's auch nicht mehr übers Herz und nannte ihn immer bloß »Kindchen« oder auch »Liebling«.

Der Kleine wuchs rasch heran und konnte gehen und sprechen, noch ehe das erste Ehejahr um war. Und der Jozup spielte mit ihm wie der Wolf mit seiner Brut vor der Höhle im Sonnenschein. Lag lang auf der Erde und ließ ihn klettern über sich her und hob ihn hoch in die Luft, und dann mußte er sehen, wie er von den Handflächen wieder herabkam.

Um das Erlengehölz aber schlichen oft in der Dämmerung zwei alte Leute und kuckten sich die Augen entzwei nach dem künftigen Erben, und kuckten nicht minder nach der

Marinke, ob ihr Leib noch immer nicht Spuren zeige von kommendem Segen, damit alsbald der Vertrag in Kraft treten könne, der ihnen den Enkel zurückgab.

Den Hof zu besuchen war ihnen verboten, obwohl der Alte die Vormundschaft hatte, und ebenso durfte Marinke nie mehr zu ihnen gehen. Oft hätte sie gern ihren Kopf auf den Schoß der Mutter gelegt und sich streicheln lassen von ihren verständigen Händen, aber um des lieben Friedens willen entbehrte sie auch das.

Um wenigstens etwas von ihr und dem Kinde zu haben, hatten die Alten es auf sich genommen, den Milchwagen, der ja zum Verladen der Kannen bei den Besitzern immer reihum fuhr, selbst zu kutschieren, wenn ihre Woche gekommen war. Aber der Jozup ließ die Kannen schon vorher an den Rand des großen Weges bringen, wo sie herrenlos standen, bis der Wagen sie auflud, und als die Alten sich dumm stellten und unter diesem oder jenem Vorwand doch aufs Gehöft fuhren, da machte er kurzen Prozeß und trat aus der Genossenschaft aus. Und das tat er um so lieber, als er selber nicht gerne mehr nach Augustenhof hinwollte. Den Grund sagte er nicht, und vielleicht besaß er auch keinen. Aber den Wieszpatis nannte er nur noch »den Deutschen«, und das schöne Besteck sah er nicht an. Das lag auf dem Grunde des Schrankes und zehn Schichten Kleider darübergefliehen.

Nun war der liebe Jurris schon zwei Jahrchen tot, und der Tag seines Sterbens kam heran.

Ob der Jozup sich dessen erinnerte oder auch nicht, kurz, um die Stunde, in der damals das alles geschehen war, erklärte er plötzlich, er wolle aufs Haff hinaus, mit dem Keitelnetz ein Gericht Fische zu fangen. Er tat das sehr selten, denn den Fischer zu spielen war er zu stolz. Und wie er die Marinke zum Abschied küßte, da war Triumph in seinem

Auge, so daß sie sich dachte: »Jetzt geht er Gott danken und sich freuen an seiner Gewalttat.«

Und weiter dachte sie: »Soll der arme Jurris nun ganz allein da liegen und denken, ich hab' ihn vergessen?«

Sie wußte, die Eltern gingen nicht gern auf den Kirchhof, und der Vorwurf in ihr sprach lauter und lauter.

Darum nahm sie den kleinen Jurris kurzweg bei der Hand, denn es mußte ja aussehen wie ein ganz kleiner Spaziergang. Sobald sie aber hinter den Erlen war und die Alte ihr nicht mehr nachblicken konnte, hob sie ihn auf den Arm und schritt, so rasch sie konnte, dem Kirchhof zu, der wohl eine halbe Stunde entfernt lag.

Das Grab war ziemlich verfallen. Frische Blumen lagen nicht darauf, und auch sie hatte ja keine mitbringen können. Darum pflückte sie Blätter von den Ahornbäumen, und weil sie zufällig ein Knäulchen Zwirn in der Tasche hatte, machte sie sich daran, eine schöne Girlande zu winden, die den Grabhügel der Länge und Breite nach festlich umrahmen sollte. Zeit hatte sie genug, und der Kleine grub artig im Sande.

Ihm die Zeit zu vertreiben, sang sie ein Lied, und auch weil ihr hier an dem Grabe so wohl war. Sie sang:

> Dort unter den Linden
> In jenem Grabe,
> Da liegt und schlummert
> Mein lieber Knabe.
>
> Auf seinem Denkmal
> Stehet zu lesen.
> Wie schön und tapfer
> Er einst gewesen.

Mit Blumen schmück ich's
In jedem Lenze,
Sitz' auf dem Grabe
Und flecht' ihm Kränze.

Und ranke Grünes
Rings um die Kanten
Und pflanze Goldlack
Und Amaranten.

Und klag' und weine,
Weil sie den Knaben
Mir aus dem Brautbett
Gerissen haben.

Doch aus dem Herzen
Stiehlt ihn mir keine,
Und jeden Abend
Komm ich und weine.

»Wenn ich hier mit meinem Kinde an jedem Abend ein
Stündchen sitzen könnte«, dachte sie, »ich wollte, weiß Gott,
nicht weinen, sondern immer vergnügt sein.«
Und wie sie sich noch an ihrer Geborgenheit freute, da wurden mit einem Male vom Kirchhoftor Schritte laut, schwere,
unsichere Schritte, und ein Klappern dabei — das kannte sie
wohl.
Sie ließ die Girlande liegen, nahm das Kind auf den Arm
und ging der Schwiegermutter entgegen.
Die schwang die Krücke und schrie: »So also bist du dem
Jozup treu, du Allerweltsfrauenzimmer, daß du selbst mit
den Gräbern buhlen gehst? Ohne Jungfernschaft bist du ins

Haus gekommen, den Muturis« — das Frauenkopftuch — »hat die Pestgöttin dir umgelegt und nicht ich. Aus der Mistpfütze bist du gekrochen, und nicht eher werde ich ruhen, als bis ich dich dahin zurückgeprügelt habe.«

Und sie schlug mit dem Krückstock auf die Marinke los.

Die dachte nur daran, den kleinen Jurris zu schützen, der bitterlich zu weinen begann, weil einer der Schläge auch ihn getroffen hatte, und ging davon ohne ein Wort der Erwiderung.

Die Alte kam nachgehumpelt und setzte sich vor das Hoftor, um den Jozup aufzupassen.

Und als er um die Dämmerstunde vom Haffe zurückkam, erzählte sie ihm alles. »So hat sie dich beseift«, sagte sie. »Nun strafe sie, wie sich's gebührt.«

Er zog die Augenbrauen noch dicker zusammen und kämpfte lange mit sich. »Warum soll ich sie strafen?« sagte er dann. »Es ist besser, ihr Zeit zu lassen, damit das Andenken an jenen aussauern kann aus ihrem Gemüte.«

»Bist du ein Mann oder ein Stöpsel?« fragte höhnisch die Alte.

»Weil ich ein Mann bin«, entgegnete er, »weiß ich, was ich zu tun habe.«

Aber sie ließ ihm keine Ruhe. »Weiche Äpfel faulen bald«, sagte sie, »und wer bloß Krumen essen will, bricht sich am ehesten die Zähne entzwei. Darum tu deine Schuldigkeit an ihr.«

Aber er liebte Marinke zu sehr, um sie zu schelten. Nur fernhalten tat er sich von ihr, und auch das Kind sah er nicht an wohl eine Woche lang.

Und die Alte wühlte und hetzte bei jedem Begegnen, denn jetzt hatte sie einen Grund.

Und da sie den Krückstock gegen die Schwiegertocher

159

schon einmal gehoben hatte, ohne daß ihr ein Übles geschehen war, so wagte sie es alsbald von neuem und fiel über sie her, allemal, wenn sie ihr nicht entweichen konnte.

Zuerst ließ die Marinke sich alles gefallen und war auf nichts weiter bedacht, als den Kleinen zu schützen. Da sie aber immer häufiger angefallen wurde, mußte sie sich wohl zur Wehr setzen. Und eines Tages — nicht weit vom Herde — riß sie der Krüppligen den Stock aus der Hand und warf sie gegen den hängenden Kessel, so daß ein wenig von dem kochenden Wasser herausspritzte.

Die Alte hub sofort furchtbar zu heulen an. Die Schwiegertochter habe sie geschlagen und verbrüht, und sie zeigte den Dienstboten die Blasen an Hals und an Händen. Und als der Jozup vom Felde kam, zeigte sie sie auch ihm und klagte, sie sei schon seit langem ihres Lebens nicht sicher.

Da geschah es zum ersten Male, daß er sich an seinem Weibe vergriff. Er schlug sie nicht, wozu ein zorniger Mann wohl das Recht hat, sondern warf sie schweigend über den Tisch und schüttelte und würgte sie, wie man mit einem bissigen Hunde tut.

Als er sie losgelassen hatte, nahm sie den kleinen Jurris auf den Arm und rannte in ihrer Seelennot zu der Mutter Enskys, obwohl ihr ja jeder Verkehr verboten war.

Die küßte zuerst den kleinen Jurris halb tot und rief dann den Alten herbei. Der tat desgleichen, und als Marinke ihnen alles erzählt hatte, wollten sie sie sogleich bei sich behalten.

Aber die Marinke willigte nicht darein. »Von hier holt er mich schon morgen vormittag«, sagte sie, »und wenn ich mich wehre, schleppt er mich womöglich an den Haaren zurück. Aber ich weiß jetzt, was ich ihm sagen werde, wenn ich auch nicht danach tun kann.« — Damit ging sie zurück.

Der Alte bat sich aus, ihr den Kleinen noch eine Strecke zu tragen, und als sie es nicht erlaubte, lief er auf seinen Schlorren hinter ihr drein und machte mit leeren Armen Eiapopeia.

Am nächsten Morgen wollte der Jozup schweigend von dannen gehen, aber sie hielt ihn zurück und sagte: »Ich habe es satt, mich schlecht behandeln zu lassen. Ein Kind hat uns der Himmel bisher nicht geschenkt, es hält uns also auch nichts zusammen. Wenn ich auch eine böse Stiefmutter habe, geprügelt oder gewürgt werd' ich dort nicht, und darum ist es das beste, ich gehe nach Hause. Die fünfhundert Taler kannst du behalten.«

Er wurde weiß wie der Kalk an der Wand und entgegnete drauf: »Das einzige ist, ich teile ihr mit, wessen Blut in den Adern des Kleinen fließt. Dann wird sie's vielleicht weitererzählen, aber im Hause wird Ruhe sein.«

Da sagte die Marinke: »Gestern vor vierzehn Tagen war des Jurris' Todestag, und heute wird *mein* Todestag, wenn du das tust, so wahr ich dein Weib bin.«

Der Jozup wußte nun, daß in dieser Sache ihr Sinn unveränderlich war und daß er nie und nimmermehr daran würde rühren dürfen. Darum sagte er: »Ich werde nachsinnen, ob es ein anderes Mittel gibt.«

Und die Marinke sagte: »Du kannst nachsinnen, soviel du willst. Ein anderes Mittel, als daß sie aus dem Hause geht oder ich, wirst du nicht finden.«

Der Jozup lief in der Stube umher und schrie: »Sie hat mich vorgezogen, seit ich im Kinderkleid war — sie hat die Brüder hinausgejagt, damit ich hier Herr bin. Verlange du nicht zuviel von mir!«

Und die Marinke erwiderte: »Ich verlange ja nichts.«

An demselben Morgen ging er in die Altsitzerstube und

blieb dort länger als eine Stunde. Und das Ende war, daß gegen Mittag die Alte herauskam, das Gesicht wie behonigt, und zu der Marinke sagte: »Setze meinen Teller auch auf den Tisch, liebe Tochter. Damit Friede wird, will ich fortan mit euch zusammen essen.«

Aber die Marinke traute ihr nicht, und als die Alte den Kleinen ihren »Putytis«, ihr Hähnchen, nannte und ihn gar auf den Arm nehmen wollte, zog sie ihn rasch auf die Seite.

Von diesem Tage an war die Wilkene wie umgewandelt, und niemand konnte wissen, wodurch es geschehen war.

Die Mutter Enskys aber, die alle Freitagabend im Erlengebüsch auf Marinke lauerte — denn so war es jüngst ausgemacht worden —, sagte zu ihr: »Paß gut auf, daß sie nicht an den Herd kommt. Ich will mich rösten lassen wie Flachs, wenn sie nicht darauf sinnt, dich und das Kind zu vergiften.«

Die Alte aber saß allabendlich am Rande des Sumpfteichs hinter dem Roßgarten, um Fischbrut zu käschern, wie sie sagte, für die Angeln, die nächstens ausgelegt werden sollten, und in der Dunkelheit kam sie mit Kräutern beladen nach Hause, die sie niemandem zeigte.

Am Sumpfteich wuchs neben der Hundsromei und dem Kalmus auch Wasserschierling in Menge. Das ganze Dorf hätte man ausrotten können, so viel Schierlingsstauden standen dort mit ihren weißlichen Schirmchen.

Ja, die Marinke paßte gut auf.

Daß die Alte Spiritus wollte zum Einreiben gegen die Gicht, das hatte nichts auf sich, aber daß sie sich auch das Kesselchen holte mitsamt dem Kocher, während sie doch jetzt immer am Tische aß, das gab schon mehr zu bedenken. Und stundenlang saß sie am Herde, um sich die Glieder zu wärmen, obwohl die Luft noch ganz sommerlich war.

Vom Wasseransetzen bis zur fertigen Mahlzeit wich die Marinke nicht von der Stelle. Kaum den Kopf zu wenden traute sie sich, und schließlich wurd' ihr ganz wirblig von dem ewigen Argwohn.

Und eines Abends, als es Kürbisbrei gab mit Zucker und Rosinen, da fiel ihr ein fremder Geruch auf, der aus der Schüssel emporstieg. Der Jozup mochte wie viele den Kürbis nicht und kriegte was anderes, die Alte aber bekam mit einem Male die Kolik, ging zu Bett und ließ sich Melissentee kochen, so daß nur sie selbst und das Kind noch übrigblieben, davon zu essen, denn den Leuten war schon vorher zugeteilt worden.

Darum tat sie nur so, als ob sie aß, und gab auch dem Kinde nichts, füllte aber, so viel sie konnte, in eine breithalsige Flasche und lief heimlich damit zu der Mutter Enskys, damit sie nun tue, was not war.

Und als der Freitagabend herankam, da sagte die Mutter: »Ich bin in Heydekrug gewesen beim alten Settegast, der hat den Brei untersucht und gesagt, der Pons Stootsanwalts, wenn man's dem anzeigen wollte, wär' mit der Hälfte zufrieden. Und hier auf dem Zettel steht alles.«

Die Marinke nahm den Zettel und ging zum Jozup. »Deine Mutter ist mir die rechte«, sagte sie.

»Wieso?« fragte er und ließ die Halsbinde los, denn er zog eben die Kleider vom Leibe.

»Weil sie mich hat vergiften wollen — mich und das Kind.«

Er wurde so rot, als müsse er an ihren Worten ersticken, und riß sich das Hemd am Halse entzwei.

»Ich habe das Versprechen getan, dich niemals zu schlagen«, sagte er, »aber du machst es einem recht schwer.«

»Hier ist der Zettel«, sagte sie.

Er las den Namen des alten Settegast, den jeder ehrte weit und breit, und so rot, wie er gewesen war, so blaß wurde er nun. Und dann ließ er sich alles von ihr erzählen. Auch daß die Mutter Enskys die Probe zur Apotheke getragen hatte, verschwieg sie ihm nicht. »Straf mich, wenn du willst«, sagte sie, »aber das Kind mußt' ich am Leben erhalten, gleichviel, wer sein Vater ist. Und das beste wird sein, du läßt mich jetzt gehen, sonst gelingt es mir doch nicht.«

»Du und das Kind bleiben hier«, erwiderte er.

»Gut«, sagte sie, »dann muß deine Mutter fort, oder ich zeige sie an.«

»Du zeigst sie an?« fragte er, als ob er nicht recht gehört hätte.

»So wahr ich ein Kind habe, ich zeige sie an.«

Da lief er hinaus, halbnackt wie er war, und kam die ganze Nacht nicht mehr wieder. Auch am nächsten Morgen war er nirgends zu sehen, erst gegen Mittag trat er mit einem Mal aus der Altsitzerstube. Er zitterte am ganzen Leibe und sagte: »Ich habe mit der Mutter gesprochen. Was sie jetzt tun muß, das habe ich ihr schon damals prophezeit und habe für alle Fälle mit den Brüdern das Nötige geordnet. Sie werden die Hälfte aller Einkünfte bekommen und sie dafür in Pflege nehmen, solange sie lebt. Siehst du nun wohl, wie lieb du mir bist — du und das Kind?«

Drei Tage später fuhr die Alte ab. Sie hatte kaum einen Widerspruch zu leisten gewagt, denn sie wußte, die Anzeige drohte.

Als sie auf dem Wagen saß, mit dem der Jozup sie zur Bahn brachte, reckte sie noch einmal den Krückstock nach der Marinke und schrie ihr den schwersten Fluch an den Hals: »Mag der Perkuhns dich treffen nach Bartholomä!«

Und da es bis zum nächsten Bartholomä noch lange hin war,

verbesserte sie sich: »Nein, noch vorher, jetzt gleich soll Perkuhns dich treffen.«

Da zogen die Pferde an, und sie fuhr in die Weite, dorthin, wo kein Litauergott mehr donnert.

11

Nun folgten vier Ehejahre, die konnte man glückliche nennen.

In Marinkes Herzen wurde das Bild des Jurris allmählich blasser und blasser. Da eine Aufpasserin nicht mehr vorhanden war, hätte sie manches liebe Mal nach seinem Grabe sehen können, aber es drängte sie nichts mehr dorthin.

Der Kleine wuchs zu einem kräftigen Strampler heran, der sich die Butter vom Brote nicht nehmen ließ und seinen Willen vom Morgen bis zum Abend in die Welt hinauskrähte.

Der Jozup konnte nicht satt werden, ihn darin zu bestärken, und wenn der Junge recht unartig war, sagte der Vater: »So ist's gut, mein Lümmelchen. Pech und Teer sind Verwandte.«

Er lehrte ihn Schweine treiben und die Kühe zur Weide führen und setzte ihn jedem Tier auf den Rücken, das gerade zur Hand war. Mit vier Jahren ritt er bereits auf der bockigen Schimmelstute, und die war auch sonst nicht die frömmste.

Von Monat zu Monat wurde das Leben inniger zwischen den beiden, und als der fünfte Frühling herankam und die künftige Schulzeit schon drohte, da nahm der Jozup ihn morgens sogar aufs Feld mit. Er ließ ihn die Lenkstange der Pflugschar anfassen, er gab ihm einen Zipfel des Säelakens zu tragen und meinte: »Das muß das erste sein, was ein Wirtssohn erlernt, sonst nützt ihm kein Schreiben und Rechnen.«

Ein Glück war's — ein unaussprechliches und nie besprochenes —, daß noch immer kein Zeichen sich meldete, der kleine Jurris werde ein Brüderchen oder ein Schwesterchen kriegen. Es war gerade so, als ob der Himmel selbst darüber wachte, daß in dieses ängstliche Wohlsein Bestand und Ruhe allmählich einkehrten.

Im Enskysschen Hause aber lagen allabendlich zwei alte Leute auf ihren Knien und flehten zum lieben Gott, er möge sie davor behüten, einsam in die Grube zu fahren, und ihnen den Großsohn und Erben zurückgeben.

Und endlich, endlich wurde ihr Gebet erhört. Die Marinke mochte sich noch so sorgsam verstecken, die Dienstleute trugen es doch hinaus, und bald wußte das ganze Dorf, daß sie gesegneten Leibes war.

Der Jozup ging umher wie ein Wüterich und erklärte, wer ihm den Knaben nehmen wolle, den schieße er nieder.

Aber als die beiden Enskys von seinen Reden hörten, da lachten sie nur, denn sie hatten es schriftlich.

Und eines Tages waren sie dreist genug und erschienen beide im Hoftor.

Die Marinke, die im achten Monat war und nur noch leichte Gartenarbeit verrichten konnte, saß hinten in den Zuckerschoten und ließ die Alten unbemerkt an den Staketen vorbeiziehen. Die aber hatten sie wohl gesehen und wollten gerade in den Garten einbiegen, da stießen sie auf den Jozup, der eben aus dem Hause trat.

»Ihr wollt wohl, daß ich den Hund losmache?« sagte er ihnen zum Gruße.

Die Großelternliebe war stärker in ihnen als jegliche Angst,

und obwohl der Alte sich ein wenig hinter der Mutter ver-
kroch, soviel Klugheit hatte er doch, um zu sagen: »Ich
würde an deiner Stelle versuchen, dich mit uns zu verständigen, denn vor den Behörden bist du ja machtlos.«

Da dachte er nicht anders, als sie würden wohl mit sich handeln lassen, und lud sie ein, in die Stube zu treten.

Aber bald sah er ein, daß sie auf ihrem Scheine bestanden
und nur Gewißheit haben wollten, wann sie das Kind heim-
holen könnten.

Vor seinem Sinn stand nur der eine Gedanke: wie sich den
Sohn erhalten, an dem seine Seele hing. Für einen Augenblick stieg wohl der Wunsch in ihm hoch, das Heimliche zu
offenbaren, das ihn mit dessen Leben verband, aber er warf
ihn sogleich wieder von sich, denn er hatte inzwischen wohl
erkannt, daß, wenn die Marinke, mochte sie sonst noch so
weich sein, zu einer Sache entschlossen war, nichts auf der
Welt sie davon abbringen konnte.

Und ihren Leichnam aus dem Haffe fischen — das wollte er
doch nicht.

In seiner wilden Ratlosigkeit suchte er hin und her, ob nicht
ein einziger Grund sich finden ließe, mit dem er sein Fleisch
und Blut sich für immer erobern könnte. Aber es fiel ihm
kein anderer ein als der, mit dem er sein Weib nun schän-
dete.

»Jurris habt ihr ihn ja genannt«, sagte er, »aber was wißt ihr,
ob er wirklich dem Jurris sein Kind ist?«

Die Mutter Enskys hob die gefalteten Hände zu ihm auf, als
wollte sie ihn anflehen, den Schlag *nicht* zu tun, der ihnen
die Hoffnung raubte. Der Alte aber tanzte um den Jozup
herum und schrie immerzu: »Wer ist es? Wer ist es? Wer ist
es?«

Und er — mehr aufs Geratewohl, als weil er sich eines be-

stimmten Verdachts bewußt war — entgegnete dieses:
»Nun — es kann ja zum Beispiel — der Wieszpatis gewesen
sein. Nicht umsonst hat er Kinder sitzen weit und breit —
und sie ist drei Jahre lang bei ihm auf dem Hofe gewesen.«

Die Mutter sank auf den Stuhl wie vom Blitze getroffen, der
Alte aber rannte spornstreichs hinaus und in den Garten —
dorthin, wo die Marinke vorhin gearbeitet hatte.

Erschrocken erhob sie sich von der Erde, denn sie dachte,
der Jozup wollte dem Alten zu Leibe, da schrie er auch
schon: »Nun ist es heraus, du Weibsbild! Dem Wieszpatis
seine bist du gewesen. Und das Kind ist von ihm. Gesteh,
daß das Kind von ihm ist!«

In ihrer großen Überraschung dachte sie nicht anders, als es
sei durch ein Unglück alles ruchbar geworden, was sie sich
selber kaum eingestand, und den Kopf auf die Brust herab-
neigend, entgegnete sie: »Wenn du es weißt, warum fragst
du mich erst?«

Da rannte er spornstreichs zurück und schrie es durch Garten und Hof: »Sie hat gestanden, daß der Wieszpatis der Vater ist. Sie hat es eben gestanden.«

Der Jozup, der aus dem Hause trat, wurde so gelb wie die
Asche im Eimer. Er nahm den Alten beim Wickel und
schleppte ihn vor das Hoftor. Dort gab er ihm noch einen
Stoß mit dem Absatz und überließ ihn seinem weinenden
Weibe. Dann ging er der Marinke entgegen, die mit vorge-
schobenem Leibe mühsam aus dem Garten kam.

Sie dachte: Er sieht gerade so aus, als sei er der Henker.
Aber da sie wußte, daß nichts auf der Welt sie aus seinen
Händen erretten konnte, so gab sie sich drein.

»Geh ins Haus«, sagte er und blieb ihr dicht auf den Hak-
ken.

Dann peitschte er die Mägde hinaus, die ängstlich um die Feuerstätte standen, und folgte ihr in die Stube.

Sie mußte sich niedersetzen, so beinschwach war sie geworden, und seine Augen stachen nach ihr wie grüne Lichter zur Nachtzeit.

»Also wie war das mit dem Wieszpatis?« fragte er ganz freundlich.

»Wie wird's gewesen sein?« sagte sie. »Er war doch der Herr, und ich war die Magd. Und wenn ich sonnabends zur Abrechnung kam, dann hat er gesagt, ich gefall' ihm.«

»Und das ging so die ganzen Jahre lang?«

»Solang' ich die Meierei unter mir hatte, wird's wohl gegangen sein.«

»Und als du merktest, daß du ein Kind von ihm trugest, da suchtest du dir den Jurris als Vater dazu?« fragte er immer noch freundlich.

Sie schüttelte den Kopf. »Nein, das war anders.« Und dann berichtete sie ihm der Wahrheit nach, wie der Wieszpatis sie noch einmal nach Augustenhof hatte hinkommen lassen — der Jozup selber war ja Vermittler gewesen — und wie sie allein hatte fahren müssen, weil der Jurris nicht war zu finden gewesen. Da hatte der Herr gesagt: »Wir wollen nun Abschied feiern, Marinke.« Und sie hatte gebeten und gefleht: »Ach, lassen Sie mich doch gehn, Ponusze.«

Aber er war ja der Herr, und sie hatte ihm schon so oft den Willen getan, daß sie meinte, sich ihm auch diesmal nicht weigern zu dürfen. Und von daher war alles Unglück gekommen.

Er sagte: »Ich habe das Gelöbnis getan, dich nicht zu schlagen. Und das ist dein Glück, sonst würdest du wohl nicht lebendig aus dieser Stube kommen. Auch sollst du mir zuerst einen Sohn zur Welt bringen, denn das bist du mir jetzt

schuldig. Was ich dann aus dir machen werde, das weiß ich
noch nicht. Aber ich rate dir, den Bengel, den du mir herge-
schleppt hast, den schaffe mir aus den Augen. Denn Herren-
sohn ist Hurensohn. Und kommt er mir in den Weg, so
schmeiß' ich nach ihm mit allem, was ich grad finde. Und
wenn es der Schleifstein ist.«

Die Marinke hob die Arme nach ihrem Manne auf und
weinte und bat: »Wo soll ich hin mit ihm in meinem Zustand?«

»Das geht bloß dich an«, entgegnete er und schritt aus der
Türe.

Sie rannte, so rasch sie konnte, hinter ihm drein, um den
Kleinen vor ihm zu sichern, der wohl irgendwo bei den Pferden im Gras saß. Und sie fand ihn auch glücklich und wartete ab, bis der Weg frei war, dann zog sie ihn rasch in die
Klete.

»Hole mir Betten für mich und das Kind«, sagte sie zu der
Hausmagd, »denn hier werd' ich wohnen, bis meine Stunde
gekommen ist.«

Und der Kleine schrie nach dem Vater, er wolle hinaus mit
ihm spielen, wie er's gewohnt war. Und sie hielt ihm den
Mund zu aus Furcht, der Jozup möchte eindringen und mit
ihm tun, was er gedroht hatte.

In der Klete hielt sie sich mit dem kleinen Jurris wohl vierzehn Tage auf und traute sich nicht, sie zu verlassen. Und
die Mägde sorgten gut für sie, denn sie war ihnen immer
eine freundliche Herrin gewesen.

Der Jozup aber gab keine Ruhe. Wenn er an der Klete vor-
beiging, schüttelte er die Faust nach dem Fenster und stieß
Schimpfwörter aus, wie man sie sonst nur an schlechten Orten hört.

Er nannte sein Weib eine »Klorke«. Und »Szunjôda« und

»Pajudêle« nannte er sie. Das sind Namen, die man am besten ins Deutsche nicht überträgt.

Und drohen tat er ihr auch immer aufs neue. Sie konnte das Fenster noch so fest schließen, sie hörte und verstand ihn in allem. »Denke nur nicht, daß du straflos ausgehen wirst, mein Täubchen, weil ich das Gelöbnis getan habe, dich niemals zu schlagen. Ich werde mir jemand kommen lassen, der wird das alles statt meiner besorgen. Der wird dir mit der Bratpfanne den Rücken salben und wird dir die Beine mit Ruten streicheln, daß du das ganze Jahr über glauben wirst, heute feiern wir Ostern.«

Und die Marinke lag zitternd allnächtlich und dachte: »Wer mag es nur sein, den er meint?« Aber niemand fiel ihr ein, der den Willen haben konnte, an ihr zum Quälgeist zu werden.

Am allermeisten hatte sie Angst um den Knaben, dem der Jozup Tag für Tag ans Leben gehen wollte. Und in dem Maße, als ihre Zeit sich verkürzte, wurde die Unruhe größer in ihr, daß er, wenn sie nicht mehr auf ihn aufpassen konnte, dem Zorn des Vaters verfallen war.

12

Eines Nachmittags — es war zu Ende August, und die Leute arbeiteten draußen im Grummet —, da sah die Marinke durch das Fenster der Klete, daß der Jozup den Spazierwagen anspannte, sich einen Korb mit Essen und Trinken aufladen ließ und davonfuhr.

Da wartete sie nicht länger, zog dem Kleinen die Sonntagskleider an und schmückte sich selber, so gut es ihr Zustand erlaubte.

Dann wagte sie sich hinaus in das Freie. Die Hausmagd war die einzige, die auf dem Hofe geblieben war. Sie fragte sie nicht, wohin der Jozup sich begeben hat, sondern sagte nur im Vorbeigehn: »Ich will jetzt den Kleinen wegbringen. Erzähle dem Herrn nichts davon, auch wenn ich zur Nacht nicht zu Haus bin.«

Und das tat sie aus Vorsicht, denn ob sie auch fortgehen wollte, so wußte sie doch nicht, wohin. Und die Magd sah ihr kopfschüttelnd nach.

Sehr schwer war es, auf dem Wege zu bleiben, wenn Leute ihr entgegenkamen, denn das Geschehene war ja längst allen bekannt, aber jeder grüßte sie freundlich, wenn er auch nicht mit ihr sprach.

Als sie an dem Enskysschen Hause vorbeigehen wollte, in dem sie so glückliche Tage verlebt hatte, da überfiel sie der Jammer, so daß sie sich weinend auf den Grabenrand setzte. Und eine Stimme sprach in ihr: »Kehre an! Vielleicht daß die Mutter dich nicht fortweist und einen Rat für dich hat!«

Und siehe da! Es traf sich so günstig, daß der Alte auch auf dem Felde war und die gute Mutter sich keinen Zwang anzutun brauchte.

Sie hob den Knaben gleich auf den Schoß und sagte: »Da ist er nun, um den wir Jahre und Jahre gebetet haben, und ist ein Jungchen, so hübsch wie ein Bild. Nun müßte er bloß noch zu uns gehören.«

Und sie küßte ihn und sagte weiter: »Wenn der Jurris noch lebte, der würde es nie erfahren haben und hätte ihn liebgehabt wie sein eigenes. Weiß Gott, mir wär' es gleich! Ich würd' ihn auch weiter liebhaben, schon weil er von dem Jurris ein Erbstück ist. Aber der Enskys, der will nicht. Der spuckt aus.«

172

Die Marinke streichelte ihr den Ärmel und bat: »Sag, Mutter, was soll ich tun?«

Und die Enskene erwiderte: »Es ist doch ein Vater da. Der muß sich jetzt kümmern.«

Marinke erschrak in tiefster Seele, denn nie hatte sie daran gedacht, daß sie dem Wieszpatis mit ihren Angelegenheiten lästig fallen dürfe.

Und die Mutter Enskys fuhr fort: »Wenn er erfährt, daß sein Fleisch und Blut ganz und gar verkommen muß und ohne Heimat ist, so wird er es zu sich nehmen. Denn nicht umsonst sagen alle, daß er ein guter Mann ist und ein gerechter Mann.«

Die Marinke bebte, und eine große Mattigkeit kam über sie. Beinahe wäre sie von der Bank auf die Erde gesunken. Aber die Mutter Enskys hielt sie fest und sagte: »Daß es dir schwerfällt, kann man sich denken. Es trifft sich aber gut, daß wir die Woche haben, darum kannst du gleich mit dem Milchfuhrwerk mitfahren, das der Hütejunge kutschiert.«

»Aber bei den andern anhalten, wenn er die Kannen einsammelt, das bring' ich nicht übers Herz«, sagte die Marinke.

Und die Mutter fand, daß das gar nicht nötig sein würde, der Junge könne ja erst die Runde machen und sie dann holen kommen.

Und so geschah es.

Es war schon dunkel, als sie mit dem Kleinen auf Augustenhof eintraf. Der Schweizer in der Meierei sah sie mißtrauisch an, aber sie kümmerte sich nicht um ihn, sondern nahm den kleinen Jurris bei der Hand und schlug den Weg zum Herrenhause ein.

Als sie an den Bach kam, der vom Hofteich in den Garten läuft, schlug ihr das Herz so schwer, daß sie meinte, über

173

das Brückengeländer fallen zu müssen, und als sie gar lachende Stimmen auf der Veranda hörte und milchfarbene Windlichter sah, da war es vollends mit ihren Kräften zu Ende.

»Wer ist da?« hörte sie die Stimme des Herrn.

Und da sie nicht zu antworten vermochte, sagte er weiter: »Sieh doch einmal nach, Agnes, wer da ist.«

Ein junges Mädchen kam die Treppenstufen herab — sollte das wirklich die Agnes sein? — und fragte: »Was wünschen Sie?« Und da sie noch immer nicht antwortete, rief das Mädchen hinauf: »Eine Frau ist da mit einem Kinde, aber sie spricht nichts.«

Da kam er, der Herr, selber die Treppe herab. Und sie neigte sich vor ihm und küßte ihm den Ärmel.

»Ich kann nicht recht sehen«, sagte er. »Bist du etwa die Marinke?«

Da bekam sie die Sprache wieder und sagte: »Die bin ich.«

»Komm herein«, befahl er und schritt mit ihr und dem Kinde voran die Stufen empor, an lauter Herrenleuten vorbei — jungen und alten —, es waren deren mindestens sechs oder sieben. Sie erkannte die gnädige Frau, der küßte sie rasch noch die Hand, und dann ging sie durch die Sommerstube und den Saal und den mittleren Korridor immer hinter ihm her, und der Kleine war tapfer und quarrte nicht im geringsten.

Und so kamen sie in sein Arbeitszimmer, das am Giebelende gelegen war und drei Polstertüren hatte, eine rechts, eine links und eine zum Korridor hin, durch die sie nun eintraten.

Er drehte das elektrische Licht an, das sie noch nie gesehen hatte, denn damals war es Petroleum gewesen. Da stand

174

noch der Schreibtisch, an dem sie sonnabends immer Rechnung gelegt hatte, und das Ruhebett in der linken Fensterecke stand auch noch da. Und alles war überhaupt, als sei sie nie weg gewesen.

Er hatte sich unter den Kronleuchter gestellt und betrachtete sie lange, aber von dem Kinde, das sie erwartete, und auch von dem, das sie an der Hand hielt, sagte er nichts, sondern begann so: »Es hat mir leid getan, Marinke, daß dein Mann mir vor ein paar Jahren die Milch gekündigt hat. So sind wir ganz außer Verkehr gekommen, und ich weiß nichts mehr von dir. Du hast dich in der ganzen Zeit nicht einmal an mich gewandt, und das passiert mir in ähnlichen Fällen eigentlich niemals. Ich will nicht sagen, daß ich dir das besonders hoch anrechne, denn wenn ich kann, helf' ich gerne. Aber nun setz dich hin, denn du wirst müde sein, und sage, was führt dich her!«

Sie dachte bloß immer: »Und sein Kind sieht er nicht an.«

Aber nun, wie sie sich auf die äußerste Kante des Ruhebetts setzte und das Kind zwischen die Knie nahm, da sah er es doch.

»Ei, ei, das ist ein strammer Kerl geworden«, sagte er und streckte von seinem Schreibstuhl her lockend die Hand aus, wie man ein Hündchen lockt.

Aber der Kleine wollte nicht und drückte sich nur um so enger an sie.

»Wie werd' ich's ihm bloß sagen?« dachte sie. »Das beste wird sein, ich geh' wieder weg, wie ich gekommen bin.«

»Nun also, Marinke, erzähle.«

»Ich hab' nichts zu erzählen, Ponusze.«

»Na, na. Umsonst macht eine Frau, der es schwerfällt, nicht einen so weiten Weg. Also sag, braucht dein Mann eine Hypothek oder möcht' er bauen oder sonst was? Ich geb', was er will, denn ihr seid mir sicher.«

»Mein Mann braucht keine Hypothek«, sagte sie, »und bauen möcht' er auch nicht, aber es ist 'rausgekommen, was zwischen Ihnen gewesen ist, Herrchen, und mir.«

Er wandte sich auf dem drehbaren Sitz kurz nach ihr um, so daß es knarrte, und machte sich ganz krumm, um ihr mit finsteren Augen scharf ins Gesicht zu sehen. Der Lampenschein fiel hart auf ihn herab.

»Er ist ganz grau geworden«, dachte sie. Und nun sah er vollkommen so aus, als wär' er der Herrgott. Aber wie ein strenger und zorniger Herrgott sah er aus.

»Nur du und ich haben's gewußt«, herrschte er sie an, »und von mir hat's keiner erfahren.«

Sie hätte nun sagen müssen: »Von mir auch nicht«, aber ihre Angst vor ihm war so groß, daß sie sich keine Antwort getraute.

»Ich werd' denn man gehen«, sagte sie und versuchte aufzustehen. Aber sie war so schwach, daß sie wieder zurückfiel.

Da sah er wohl, daß er zu schroff zu ihr gewesen war. Die geschliffene Karaffe stand immer noch auf dem Tische. Aus der schenkte er ihr ein Glas Wein. Und das Büchschen mit Schokolade, aus dem sie manches liebe Mal hatte naschen dürfen, hielt er dem Kleinen hin. Der wollte erst nicht, aber was ihm in die hohlen Händchen geschüttet wurde, das nahm er.

»Nun laß uns vernünftig reden«, sagte der Herr, »und erzähl alles.« Aber sie konnte nicht. Sie saß bloß da und sah vor sich hin.

»Marinke«, sagte der Herr, »du bist einmal die Freude meiner Feierabende gewesen, und ich habe dir nie dafür gedankt. Du hast einen großen Stein bei mir im Brett. Denk daran und faß dir ein Herz.«

Da faßte sie sich ein Herz und sagte frischweg: »Das Kind hier ist Ihr Kind, Ponusze.«

»Ei der Deiwel«, sagte er und lachte hellauf, »das ist ja was ganz Neues.« Dann nahm er den Kleinen bei der Hand, führte ihn unter die Lampe und betrachtete ihn von oben bis unten. »Wie gesagt, stramm ist er. Wenn er sich auswächst, kann er mir schon ähneln. Denn das weißt du ja, sie ähneln mir alle.«

Ja, das wußte sie wohl. Manchmal arbeiteten fünf oder sechs auf dem Hof. Wenn man die in eine Reihe stellte, sah einer aus wie der andere.

Und er fuhr fort: »An sich wär's also schon möglich. Aber ich denk', es ist deinem ertrunkenen Bräutigam seiner. Von dem, so viel ich weiß, hat er ja auch den Namen.«

»Das ist richtig«, entgegnete sie, »aber von dem ist er nicht. Und von meinem jetzigen Mann ist er auch nicht.«

»War der denn auch dabei?« fragte er, und sie konnte nicht anders als ja sagen.

»Du — das ist aber ein bißchen reichlich«, rief da der Herr und wußte vor Lachen sich nicht zu halten. Ach, dies Lachen tat ihr sehr weh!

Bis jetzt hatten sie deutsch miteinander gesprochen. Aber die Marinke sah ein, daß sie in der fremden Sprache nicht vorwärtskommen würde, wenn sie ihm alles sagen wollte. Und das mußte sie jetzt tun, denn er allein konnte sie verstehen, und es drückte ihr längst schon das Herz ab.

Darum begann sie auf litauisch zu erzählen, wie alles gekommen war. Er hörte ihr aufmerksam zu und wurde ernster und immer noch ernster.

Mitten darin griff er mit der Hand nach dem Kleinen und

177

hob ihn sich auf das Knie. Und der hatte jetzt gar keine Furcht mehr vor ihm und lutschte still weiter.

Als sie fertig war, fuhr er ihm durch den Wuschelkopf und setzte ihn sacht auf die Erde. Sie kannte die Gewohnheit des Herrn. Er mußte die Beine freikriegen zum Rumgehen, denn das tat er immer, wenn ihm das Herz von irgend was voll war.

Er ging und ging, und dann klingelte er und sagte dem eintretenden Mädchen: »Man soll nicht auf mich warten — ich habe zu tun.« Einst war sie selbst dieses Mädchen gewesen, und oft hatte er dasselbe zur ihr gesagt. Und dann ging er immer noch länger.

Schließlich blieb er vor ihr stehen und fragte: »Wie wirst du nach Hause kommen?«

»Der Enskyssche Milchwagen wartet auf mich«, entgegnete sie.

Der große Augenblick war nun da. In ihm mußte das Schicksal des Kindes sich entscheiden.

»Die Enskene hat gemeint«, stotterte sie, »weil es doch dein Fleisch und Blut ist, Herrchen, und ich nicht weiß, wohin mit ihm, so würdest du es vielleicht in Pflegschaft nehmen und es großziehen lassen auf deinem Hofe. Von Instleuten wohnen ja bei dir so viele.«

Ursprünglich hatte sie weit Größeres von ihm erbitten wollen, aber jetzt, da sie das vornehme Herrschaftshaus wiedergesehen hatte, fühlte sie, daß auch dieses wenige schwer zu erfüllen war.

»Du vergißt, Marinke«, sagte er, »daß da draußen die gnädige Frau sitzt, der ich Rechenschaft schuldig bin. Das Gerede würde sehr bald auch ihr zu Ohren kommen, und dann gäbe es Gram ohne Ende. Daß ich damals ihrem Wunsche nachgab, mit zu deiner Hochzeit zu kommen, war schon zu-

viel, aber ich mochte es ihr nicht abschlagen — auch um dei-
netwillen nicht, Kind, weil du so außer jedem Verdacht
bliebst. Kommt's nun aber heraus, dann ist jenes eine Ver-
fehlung gewesen, die ich nie wieder gutmachen kann.«

Die Marinke verstand nicht recht, was er meinte, aber daß
ihr Verlangen eine Vermessenheit war, das wußte sie nun.

»Ich werd' denn man gehn«, sagte sie zum zweiten Male.
Diesmal fiel sie nicht von selbst zurück, sondern wurde von
ihm an der Schulter gefaßt und festgehalten, so daß sie das
Aufstehen vergaß.

»In den sechsundzwanzig Jahren, die ich hier bin«, sagte er,
»ist kein Fremder ohne Trost aus dieser Stube gegangen,
und dich, die ich mal sehr gern gehabt habe, sollte ich einfach in die Nacht hinausschicken? Das geht nicht, Marinke,
wenn ich dir auch leider was anderes als Geld nicht zu bieten hab'.«

»Ich will kein Geld!« stieß sie hervor.

»Verachte das Geld nicht«, ermahnte er sie. »Denn es macht
die Bösen gut und die Harten gefügig. Ich gebe sonst jeder, die
ein Kind von mir hat oder wenigstens sagt, daß es von mir ist,
tausend Taler mit auf den Weg. Und noch keine hat sich be-
klagt. Diesem Jüngchen will ich eine Mitgift geben, dreimal so
groß, so daß er als ein wohlhabender Erbe gelten kann, und du
wirst sehen, er findet seine Heimat noch heute abend.«

Damit setzte er sich an den Schreibtisch und schrieb einen
Schenkungsbrief über zehntausend Mark, und noch vieles
andre schrieb er dazu, wie die Zinsen zu erheben seien und
wie das Kapital einst ausgezahlt werden sollte. Das unter-
stempelte er mit dem Stempel des Amtsvorstehers, dessen
Dienst er selber versah, und reichte es der Marinke.

Die dachte bloß immer das eine: »Aus mir kann nun werden, was will. Das Kind ist fürs Leben geborgen.«

13

Als die Marinke mit ihrem schlafenden Jungchen auf dem Enskysschen Hofe einfuhr, saß die Mutter geradeso wartend im Mondschein wie an jenem Abend vor sechs Jahren, von dem alles Unglück seinen Ursprung hatte.

»Der Vater ist schon lange zur Ruhe«, sagte sie, »drum komm herein und stärke dich.«

Und nun saß die Marinke an der Feuerstelle genauso wie damals und aß und wußte nicht, was sie aß. Der Kleine aber schlief immer weiter.

Und die Mutter verlangte, sie solle erzählen.

Da zog sie den Schenkungsbrief aus der Tasche und reichte ihn ihr.

Die Mutter traute ihren Augen erst gar nicht und ließ sich die Summe immer wieder von neuem sagen, bevor sie sie glaubte.

»Aber dann ist ja alles gut«, sagte sie, »und dann will ich erst mal den Vater wecken.«

Die Marinke hatte Angst, der Alte würde sie und das Kind sofort zur Tür hinausweisen, aber die Mutter lachte nur, nahm den Brief und ging damit nach der Stube.

Es dauerte eine ganze Weile, ehe sie wieder da war, und hinter ihr in Hosen und Hemd, die Schlorren auf nackten Füßen, kam der Alte gesprungen — wie ein Wiesel kam er gesprungen — und bot der Marinke den Willkomm und klatschte den Kleinen aufs nackte Knie und wollte ihn selber ins Bettchen tragen, denn Kinder müßten mit den Hühnern zur Ruhe.

Die Marinke wußte nicht, wie ihr geschah. »In was für ein Bettchen?« fragte sie.

»Nun, das für ihn bereitsteht schon seit Jahren.« Und er

habe immer gesagt, das mit dem Wieszpatis sei nichts wie ein Schwindel. Das habe der Jozup sich ausgedacht, um ihn und die Mutter zu täuschen. Und nun sei es offenbar, denn für eigene Kinder gebe der Herr Westphal so viel bares Geld nicht aus, sonst wäre er längst schon ein Bettler.

Und als die Marinke ihm verwundert dreinreden wollte, stieß die Mutter sie an und sagte ihr leise: »Laß ihn nur immer. Er redet sich's ein und wird's auch den andern einreden — und so ist's am besten.«

Da gedachte die Marinke der Worte, die der Herr zu ihr gesprochen hatte, ehe er die Schenkung niederschrieb, und dankte Gott, daß der Kleine nun wirklich die Heimat gefunden hatte noch am heutigen Abend.

Sie ließ es sich nicht nehmen, ihn selber auszuziehen, denn sie wußte wohl, daß es zum letzten Mal geschah. Dann tat sie noch ein Gebet über ihm, siegelte ihm den Mund mit dem Zeichen des Kreuzes und ging vor die Haustür.

Dort standen die beiden und warteten ihrer.

»Ach, möchten sie mich doch einladen, bei ihnen zu bleiben!« dachte die Marinke. Aber sie taten es nicht. Wie konnten sie auch!

»Das Schriftstück bleibt in meiner Hand«, sagte der Alte, »denn ich bin der Vormund.«

Und die Mutter geleitete sie noch eine Strecke ins Dunkel hinein und sagte zum Abschied: »Ich bin gesund und erst vierundfünfzig. Zwanzig Jahr' habe ich gewiß noch. Und so lange wird es ihm gut gehn, das weißt du.«

Ja, das wußte die Marinke, und sie dankte ihr mit Tränen.

»Was wird aber mit dir werden?« fragte die Mutter.

»Bet für mich, daß ich im Kindbett sterbe«, sagte die Marinke und ging von ihr fort …

Der Mond stand hoch — es war schon ein Herbstmond —,

aber die Luft wehte warm wie im Juni. Als die Marinke sich dem Wolfsnest näherte, überkam sie ein Schaudern. Der Hofhund würde bellen, bevor er sie noch erkannte, und darauf würde der Jozup, der einen leisen Schlaf hatte, hinausrufen: »Wer ist das?« Und wenn sie dann sagte: »Ich bin es — ich, die Marinke«, dann würde das Schimpfen losgehen — Klorke und Szunjôda und Pajudêle und alles, womit er sie sonst noch traktierte.

Sie hielt an und tat einen tiefen Atemzug. Niemand paßte ihr auf. Sie konnte die Nachtstunden nützen, wie es ihr einfiel. Aber wo sollte sie sie hinbringen? Denn sonst eine Heimat hatte sie nicht. Da fiel ihr der Kirchhof ein, auf dem sie so lange Zeit nicht gewesen war. Wie eine Erleuchtung kam es da über sie.

Auf dem Grabe des Jurris zu sitzen bis an den Morgen, das war es, was ihr jetzt fehlte. Da sah sie keiner, da hörte sie keiner, da konnte sie keiner anschreien und schimpfen.

So schlug sie also den Weg zum Kirchhof ein, den sie beinahe vergessen hatte.

Das Grab des Jurris war gar nicht so leicht zu finden, denn ringsherum hatte manch neuer Pilger sich angesiedelt, und die Gesträuche waren auch höher geworden. Aber schließlich unterschied sie es doch und setzte sich auf den Hügel, dessen sandiges Erdreich die Judenmyrte spärlich begrünte.

Einen neuen hölzernen Pfosten hatten die Eltern errichtet. Der war inzwischen schon wieder alt geworden, denn die Inschrift auf der Tafel schien blaß und von Regen verwaschen, soviel man im Mondschein erkannte.

»Bald werden sie ihn alle vergessen haben«, dachte sie, und ihr schien's, als sei sie doppelt und dreifach untreu gewesen. Oft hätte sie Zeit gehabt, das Grab zu besuchen, und keiner hätte danach gefragt. Trotzdem fand sie erst heute den Weg hierher, wie man verlassene Freunde nicht früher aufsucht, als wenn man nicht aus und nicht ein weiß.

»Ach, wenn ich doch ein bißchen weinen könnte!« dachte sie, aber sie hatte heute schon zuviel Tränen vergossen, und ihr war auch gar nicht so schmerzhaft zumute. Nur müde war sie. Darum lehnte sie das abgerackerte Kreuz gegen die Pfosten und dachte: »Hier möcht' ich einschlafen.«

Und das tat sie auch wirklich. Aber bald weckte der Nachtwind sie wieder. Sie lag nun mit geschlossenen Augen und wollte gar nicht mehr aufstehen.

Es war eine große Stille ringsum, nur die harten Baumblätter rieben sich ab und zu aneinander, und in dem Grase raschelte es, wenn irgendein Getier sich bewegte.

Sie dachte an alle die Geister, die auf so einem Kirchhof zur Nachtzeit ihr Wesen treiben, aber sie fürchtete sich nicht im mindesten, denn unter ihnen wäre auch der des Jurris gewesen, und der hätte sie schon beschützt.

Über diesem Gedanken schlief sie von neuem ein, und ihr war im Traume fortwährend, als stünde er neben ihr und streichelte ihr die Backe. Aber wie sie wieder einmal erwachte, merkte sie, daß es nur der Wind gewesen war, und da tat es ihr leid, daß sie nicht weiterschlief.

»Jetzt muß ich wohl bald heimgehen«, dachte sie. Da kam das Schaudern wieder, das sie auf dem Wege zum Wolfsnest schon einmal zurückgejagt hatte.

»Was soll ich eigentlich dort?« dachte sie weiter. »Sobald er mich sieht, wird er mich quälen, und die Dienstleute werden nicht wissen, ob ich ihnen noch was zu befehlen hab'. Hier gehör' ich her. Zu meinem Jurrischen. Hierher auf den Kirchhof.«

Und sie beugte sich zur Seite und küßte das Grab, aber ihr

kam davon nur Sand zwischen die Zähne. Und mutlos gedachte sie kommender Zeiten.

»Das Kind wird er mir wohl bald wegnehmen«, dachte sie. »Denn ich bin für ihn gar nicht mehr eine richtige Mutter. Bloß die Gimdywe — die Gebärerin — bin ich ihm noch. Ein Kind habe ich ihm zu beschaffen anstatt des anderen, das er verstoßen hat, und dann kann ich abgehen. Er wird schon dafür sorgen, daß sie mich bald hierher auf den Kirchhof fahren.«

Und ihr war zumut, als bliebe sie am liebsten gleich hier.

Und dann dachte sie an alle die Erniedrigungen, die er ihr zugefügt hatte seit jenem Sturmtage, an dem der Jurris ertrank, und an alle die, die er ihr noch zufügen würde — er und der Helfer, mit dem er drohte.

Und sie sagte zu sich: »Nun hab' ich ihm umsonst prophezeit, daß ich ins Haff gehen werde, wenn er der Alten meine Schande verrät. Denn was er jetzt selber in die Welt hinausschreit, ist ebenso schlimm wie das, was sie damals zu erzählen gehabt hätte.«

Und wie das Bild der Alten vor ihr lebendig wurde, überfiel sie plötzlich ein Erschrecken, so furchtbar, daß sie vom Grabe in die Höhe sprang und wie eine Unvernünftige drum herumlief.

Wenn der Helfer, der Peiniger, den er sich kommen lassen wollte, niemand sonst als die Wilkene, die Wölfin war? Was dann? Wohin dann?

Sie rannte nach rechts und rannte nach links, als wollte sie ihr entrinnen und wußte doch nicht wie. Sie anzuzeigen, dazu war es gewiß zu spät, und sie hatte auch nicht den Mut mehr.

Wenn das noch zu fürchten gewesen wäre, hätte der Jozup die Mutter niemals zurückgeholt.

Da war es ihr, als sagte eine Stimme: »Er hat sie ja gar nicht zurückgeholt.«

Das war natürlich dem Jurris seine Stimme.

Entweder er schwebte um sie herum, oder sie hatte ihn mit ihren Klagen erweckt, so daß er von seinem Sarge aus zu ihr redete.

Und so warf sie sich vor dem Grabhügel auf die Knie, wühlte die Stirn in den Sand, um ihm näher zu sein, und bat und flehte: »Ach, hilf mir doch, Jurrischen, hilf mir doch!«

Und die Stimme sprach weiter: »Gewiß hat er dir nur angst machen wollen, wie man kleine Kinder mit dem Baboczius ängstigt. Und er ist sonst gar nicht so schlimm. Er hat dich liebgehabt schon über fünf Jahr, und du bist so zufrieden mit ihm gewesen, daß du mich ganz vergessen hattest. Glaube nicht, daß ich dir deswegen böse bin. Nein, ich bin dir nicht im mindesten böse. Und weiß ich, daß du da oben froh bist, so hab' ich hier stets meine Ruhe. Nur wenn du weinen kommst, das tut mir weh. Nun aber gehe getrost wieder heim und ertrage geduldig die Prüfungszeit, die Gott der Herr dir gesetzt hat. Der Jozup wird die Wölfin nicht kommen lassen, und auch sonst keinen Peiniger wird er kommen lassen. Und wenn er sieht, wie treu du ihm dienst, dann wird sein Sinn sich wieder zum Guten wandeln, und alles wird werden, wie es noch jüngstens war.«

So sprach der Jurris aus seinem Grabe, und sie hörte begierig darauf.

Dann erhob sie sich voll Zuversicht und machte sich bereit, nach Hause zu gehen. Diesmal wandelte kein Schauder sie an, im Gegenteil, sie war wohlgemut, ihr Haupt neuen Leiden beugen zu können. Wenn nur das eine nicht kam, wenn nur die Schwiegermutter, die Wölfin, nicht kam, dann war alles gut! Von ihm selber wollte sie gerne erdulden, womit er sie kränkte.

Sie scharrte den Sand zurecht, den ihr liegender Körper zur Seite gedrückt hatte, zog die Ranken sorgsam darüber her und betete dankbar ein Vaterunser. Dann machte sie sich auf den Heimweg.

Über dem schwarzen Forst, der den Osten begrenzte, erhob sich bereits ein gelblicher Streif. Der Wind wehte schärfer, und die Vögelchen zwitscherten schon.

Als sie vor dem Hoftor stand, war es halbhell. Darum bellte der Hund auch nicht, der sie von weitem erkannte, und klopfte nur mit dem Schweife gegen die Hüttenwand.

Da, wie sie gerade an dem Wohnhaus vorbeigehen wollte, gewahrte sie, daß in der Kleinen Stube noch Licht war. Rasch trat sie zurück und drückte sich gegen den Gartenzaun, in jene Ecke, wo er mit dem Giebel zusammenstößt.

Und wie sie dort stand, wartend und lauschend, da hörte sie aus dem Innern zwei Stimmen.

Die eine gehörte dem Jozup, die andere aber — vier Jahre hatte sie sie nicht mehr gehört, und nie mehr im Leben glaubte sie sie hören zu müssen.

Sie war also doch gekommen, die Wölfin!

Für sie hatte er heute den Spazierwagen angespannt, sie von der Bahn abzuholen, und die Magd hatte geschwiegen — aus Mitleid.

Wohin nur? Die Enskysschen wollten sie nicht, das Elternhaus wollte sie nicht, der Wieszpatis wollte sie nicht, selbst der Jurris im Grabe wollte sie nicht. Der hatte sie heimgeschickt mit List und mit Täuschung.

Sie kehrte sich um auf ihren Hacken und rannte und rannte — ohne Sinn und Verstand — so rasch ihr Körper es zuließ.

Bloß weg! — Weg aus dem Hause! Weg aus dem Leben!
Weg — weg — weg!

Und mit einem Male sah sie vor sich das graublaue Wasser
und die schaukelnden Kähne. Und der Schuppen des Jurris
war auch da.

Noch ehe die Sonne aufging, fuhr sie aufs Haff hinaus —

14

Am Morgen desselben Tages segelte in drei Mittelbooten
eine Trauergesellschaft aus der Richtung von Karkeln her
nordwestlich nach der Nehrung hinüber.

Es waren Männer und Frauen aus dem Kirchdorfe Nidden.
Die hatten einer Niddnerin, die drüben verheiratet war und
im ersten Kindbett hatte dran glauben müssen, das Geleite
gegeben.

Da der junge Witwer, um die Heimgegangene zu ehren, ein
großes Begräbnis ausgerichtet hatte, so war die Nacht hindurch getanzt und getrunken worden, und alle befanden sich
noch in der heitersten Stimmung.

In dem ersten der Boote saßen die Eltern der Toten. Die
freilich verhielten sich ruhig, aber sie freuten sich doch, daß
die anderen so lustig waren, denn nun konnten sie sicher
sein, daß man ihres Kindes lange und gern gedenken
würde.

Ihre Aufmerksamkeit galt vor allem einem länglichen Bündel, das die Alte vorsichtig in den Armen wog, während ihr
Mann achtgab, daß die untere Kante des schlagenden Segels
in guter Entfernung darüber strich.

In diesem Bündel barg sich die Hinterlassenschaft ihres Kindes, der Säugling, den sie mit sich genommen hatten, um ihn

dem Schwiegersohn aufzuziehen. Drüben bei ihm war Muttermilch nirgends zu finden gewesen, aber ob sie sie eher in Nidden verschaffen konnten, war sehr zu bezweifeln.

Vorläufig sog das Kleine mit Inbrunst an dem Lutschpfropfen, in dem gekaute Semmelkrume mit geriebenem Zucker gemischt war, und wenn es zu schreien begann, bekam es Fenchelwasser zu trinken, wovon man auch nicht sehr satt wird. Und da es die Kuhmilch noch nicht vertrug, so lag die Gefahr nicht sehr fern, daß es kurzerhand in die Ewigkeit zurückreisen würde, aus der es eben gekommen war.

Aber die anderen scherten sich wenig um solche Großmuttersorgen. Sie lachten und sangen, und wenn es still wurde, kreiste zur Wiederbelebung die Flasche.

Da bemerkte einer, daß von Nordosten her mit der Richtung des Windes ein leerer Kahn auf sie zutrieb.

Leere Kähne zu treffen bringt Glück, und darum wollte der Steuerer im vordersten Boot halb kehrtmachen, um sich die Beute zu sichern. Aber die anderen, die hinter ihm fuhren, riefen ihm zu, er möge das lassen, der Kahn würde in einer halben Stunde von selber am Ufer der Nehrung erscheinen und wäre dann leichter zu bergen als jetzt.

So blieb er also auf seinem Wege, und die anderen folgten ihm nach.

Da — als sie gerade die Windlinie durchstrichen, die von dem leeren Kahn auf sie zulief, vernahmen sie etwas, das wie das Schreien eines kleinen Kindes klang.

Die in den hinteren Booten glaubten natürlich, es käme von dem Bündelchen her, das die Alte hielt, aber die neben ihr saßen, merkten sofort, daß es damit eine andere Bewandtnis hatte.

Nun ließ der Steuerer sich nicht mehr halten und fuhr in kurzem Bogen dem leeren Kahn entgegen.

Der war aber nicht leer, sondern wie sie alle zu ihrer Verwunderung erkannten, lag auf dem Boden ausgestreckt eine bewußtlose Frau und zu ihren Füßen ein Neugeborenes.

Die Weiber drängten die Männer zurück, damit deren Augen die Scham der Geburt nicht entweihten, und die beiden erfahrensten stiegen sacht in den Kahn, der Ohnmächtigen die ersten Dienste zu leisten.

Dort aber, wo das Bündelchen unter dem Segelrand lag, sagte der alte Mann leise zu seiner Frau: »Laß uns dem Herrn ein Dankgebet sprechen, denn mir scheint, er hat uns vom Himmel Nahrung geschickt für das Kleine.«

Und die Großmutter sprach: »Frohlocke nicht zu früh. Das dort ist kein Jungfernkind. Sie sieht aus wie eine vermögende Bauernfrau und wird uns bald wieder verlassen.«

Für alle Fälle aber erboten sie sich, die fremde Wöchnerin in Pflege zu nehmen, und die andern waren zufrieden, daß sie es nicht brauchten.

So geschah es, daß die Marinke, die hinausgefahren war, sich in den Wellen die ewige Ruhestatt zu suchen, in einem weichen, warmen Federbett wieder erwachte und statt des einen Kindes, dem sie das Leben gegeben hatte, deren zwei in der Wiege neben sich vorfand.

Und ob sie auch zum Verwundern und zum Fragen zu schwach war, so nahm sie sie doch gleich an die Brust, und die gab willig Nahrung für beide.

Dann, als man zu wissen begehrte, woher sie sei und wie sie sich nenne, da weinte sie nur und wollte nicht reden.

Es mußte aber die Meldung an das Standesamt gehen, und da sie auch am zweiten und dritten Tag nichts tat als weinen und schweigen, so wußten die beiden sich kaum einen Rat mehr.

Nun traf es sich aber, daß damals in Nidden der Pfarrer Hoffheinz Seelsorger war, der jüngere Bruder des Superintendenten, den die Tilsiter heute noch preisen. Das war gleich diesem ein lebensfroher und gottgefälliger Mann, der die Litauer liebte, als wäre er einer von ihnen, und allen, die seines Schutzes bedurften, Ratschlag und Zuflucht bot, so weit sein Arm sich erstreckte.

Der sagte: »Sie scheint großes Leid erfahren zu haben. Darum laßt sie in Ruhe bis an den neunten Tag. Die Behörden werd' ich solange auf mich nehmen. Und ist sie erst wieder bei Kräften, dann will ich sie selber befragen.«

Das war das Richtige. Am neunten Tage trat er zu ihr an das Bett, schloß die Stubentür ab und verweilte bei ihr wohl an die zwei Stunden.

Und als er wieder herauskam, hatte der fröhliche Mann die Augen voll Wasser und sagte: »Hier hat Gott ein Wunder getan.«

»An uns auch«, sagte die Alte, »denn ohne sie wäre das Kind der Anikke schon unter der Erde.«

Von nun an dauerte es keine zweite Nacht mehr, da erfuhr der Jozup Wilkat, wo sein Weib geblieben war — und mit ihr das Kind, daß sie nach seinem Glauben ihm schuldete. Und weil er sich schämte, sie in den Tod getrieben zu haben, war er sehr froh und machte sich auf, sie heimzuholen — sie und das Kleine.

Das aber war es gerade, wovor die Marinke zitterte bei Tag und bei Nacht und das zu verhüten der Pfarrer ihr hilfreich sein wollte.

Und er, der klug war wie einer, hatte Befehl gegeben, daß, wenn ein Mann im Dorfe herumfragte, wo die Kiekutis wohnten, bei denen die Fremde sich aufhielt, kein einziger es wissen dürfe — nicht einmal der Schulze — und daß man ihn, wenn er durchaus keine Ruhe gab, ins Pfarrhaus weise, da könne er's wahrscheinlich erfahren.

So kam es, daß der Jozup, der wütend von einem zum andern lief und alsbald erkannte, daß man ihn narre, schließlich einem Manne ins Angesicht sah, mit dem sich nicht so leicht umspringen ließ wie mit einem schutzlosen Weibe.

Ja, das Weib — das sei ihm egal, das könne seinetwegen gehen, Filzschuhe wichsen, aber das Kind — das Kind, das müsse er haben, tot oder lebendig.

Nun war der Pfarrer Hoffheinz aber ein guter Freund vom alten Settegast — er hat ja später in zweiter Ehe auch dessen Tochter geheiratet —, das sagte er dem Jozup so nebenbei. Und daß, wenn auf diese Weise die Kürbisgeschichte ruchbar würde, von einem Verschulden der Frau nicht mehr die Rede sein könne, das sagte er auch.

Da wurde der Jozup alsbald ganz windelweich, ließ seine Ansprüche fahren und setzte für die Zeit nach der Scheidung auch noch ein Jahrgeld aus, so hoch, wie es einer Besitzersfrau zukommt.

Ohne die Marinke mit einem Auge gesehen zu haben, fuhr er zurück übers Haff — zurück zu seiner Mutter, der Wölfin. Und nie mehr hat er einen solchen Angriff gewagt.

Die Marinke blieb bei den guten Leuten, die ihr fast so zugetan waren wie einst die Mutter Enskys, und nährte zugleich mit dem eigenen Kinde das fremde rosig und blank.

Und als ein Jahr darauf dessen Vater herbeigesegelt kam, nach ihm zu sehen, da fand er es nicht anders, als ob die tote Mutter noch lebte. So geschah es fast von selber, daß die beiden sich miteinander versprachen. Er hatte in manchem Ähnlichkeit mit dem Jurris, und das gefiel der Marinke am meisten. Die Hochzeit wurde in Frieden und Stille begangen. Und still und friedlich leben die beiden noch heute.

INHALT